제1회 서울 역삼초등학교
18기 동창모임 준비위원회

제1회 서울 역삼초등학교
18기 동창모임 준비위원회

한차현 장편소설

답

사랑은 기억하는 것

가장 괴롭던 장면을 가장 근사한 방식으로

수요일 오후.

책상 위에, 어제 역삼동에서 가져온 앨범이 누워 있습니다. 그것을 가만히 바라봅니다. 눈싸움하듯 오래오래 노려봅니다. 이윽고 손을 뻗어 그것을 펼칩니다.

얼굴들. 예전 얼굴들.

어디서 무엇이 되어 각자의 시간을 살아갈 나의 다른 얼굴들.

4반이 끝나고 5반이 막 시작되는 갈피에,

노란 편지봉투가 끼어 있습니다.

어제저녁, 뜻밖에 이것을 발견하고는 깜짝 놀라고 말았습니다. 무심코 책장을 펼쳤는데 누군가 몰래 숨겨둔 돈뭉치를 보았다 해도 그만큼 놀라지는 않았을 것입니다. 노란색 편지 한 통을 가만 내려다보고 있노라니 어제의 놀랐던, 어이없었던, 황당했던 느낌이 모락모락 되살아나는 것만 같습니다.

1999년에 쓴 편지가,

어째서 1996년 졸업앨범 속에?

앨범 속에서 전혀 생각 못했던 물건이 나올 줄 알았더라면, 아마도 앨범을 집어 들지 않았을 것입니다. 까맣게 잊고 있던 물건을 앨범 속에서 만날 줄 알았더라면, 아마도 앨범을 찾으러 역삼동 집에 들를 다짐조차 하지 않았을 것입니다.

편지를 꺼내어 읽지 않았습니다. 정성들여 썼던 사연들이 대충 생각날 것만 같았지만 애써 생각하지 않았습니다. 하필 앨범 속에 편지가 보관되어야 했던 사연들이 기억날 듯도 했지만 애써 기억하지 않았습니다. 스멀스멀 되살아나는 상념들을 애써 물리치는 일이란 대단히 어정쩡하고 불편한 작업이었습니다.

책장을 덮습니다.
고개 돌려 창밖의 오후를 바라봅니다.
그리고 지난날을 돌아봅니다.

서툴기만 했던 첫사랑의 시절을.

차례

01. 주문번호 A-33과 B-42

"저기요 혹시."

내 뒤에 선 누군가 웅얼거렸습니다.

검지로 톡톡 어깨를 두드리거나 소매를 잡아끈 것은 아니었지만, 아주 가까운 거리였으므로, 그것이 나를 향한 목소리임을 이해하기까지는 오랜 고민이 필요치 않았습니다. 목소리 방향으로 고개를 돌리자 누군가 다시 환히 속삭였습니다.

"맞지? 너. 그렇지?"

맞지. 나. 그렇지. 아마 그럴 테지.

그 와중에, 그야말로 눈 깜빡할 와중에, 느닷없게도 '시각-인지 메커니즘'이라는 따분한 궁리들이 머릿속을 귀찮게 했습니다. 사람이 사람을 알아보는 일이 어떻게 가능할까. 한 사람이 다른 사람을 알아보는 사건이 발생하기까지 거리와 시간이라는 조건이 필수적이라면, 그로써 환산되는 속도란 어느 정도 일까.

누군가의 안면 윤곽을 반사한 빛의 입자 또는 파동이 요컨대 1, 2미터 밖 시공간에 존재하는 누군가의 각막에 모여들고, 홍채에서 조절되고 수정체에서 굴절되어 망막에 상이 맺히고, 시세포를 건드린 신경자극이 섬유다발을 타고 뇌까지 전달되고, 겨울 산 나뭇가지처럼 뻗치고 얽힌 시냅스들이 일시에 활성화하며 기억 속에 저장된 정보들을 일일이 끄집어내고, 유사성 평가 작업을 통해 개중에 가장 근접한 누군가의 얼굴을 확정하고는 아아, 그러고 보니 당신이었군, 고개를 끄덕이기까지의 과정이란.

"나, 알아보겠어?"

누군가 세 번째로 물었고, 그제야 내가 입술을 달싹였습니다. 바로 그 대사를 읊기 위해 오늘 아침 억지로 눈을 뜬 사람처럼. 이유도 없이 잔뜩 심술이 난 사람처럼.

"그런 거 같아, 남미경."

심술이 난 건 아니었습니다. 다만 얼떨떨했습니다. 누군가 갑자기 아는 체를 하는데, 아주 오랫동안 만난 적이 없고 그럴 일도 없는 사람인데, 그 얼굴을 단숨에 알아본 것과 동시에 그 이름까지 벌컥 떠올리고 만 상황에 얼마간 자존심이 상했습니다.

하여 반가울 새조차 없었습니다.

"와, 내 이름 기억하네."
"……."
"이게 얼마만이야. 세상에 설마 20년? 와아. 와아아."
"그러게."

11월이었습니다. 광화문 엔제리너스 1층이었습니다. 내 왼쪽 어깨에 매달린 가죽가방 안에는 3년 쓴 14인치 노트북이 들어 있었고 거기 저장된 수십 개의 한글 파일 가운데 하나에는 늦어도 오늘 오후 5시까지 작업해서 이메일로 보내줘야 할 A4 7장가량의 원고가 남아 있었습니다. 카페에 자리 잡고 두어 시간 집중하면 무사히 일을 끝마칠 수 있으리라는 계산이었고, 커피 한 잔을 위해 차례를 기다리는 중이었고, 마침 내 앞에 선 사람이 막 주문을 마치고 물러서는 상황이었습니다. 다른 식으로 말해 20년 만에 덜컥 조우한 누군가에게, 그 우연한 만남의 순간에 집중할 만한 환경이 아니었습니다. 우리 뒤에 줄지어 순서를 기다리는 네 사람의 입장을 헤아리면 더욱 그러했습니다.

검은 모자를 쓴 점원이 우리 사이를 흥미롭게 지켜보는 중이었고, 아주 짧은 고민 끝에 내가 제안했습니다.

"어, 이거부터 해결해야겠다. 잠깐만."

따뜻한 커피 한 잔을 부탁했고, 음료 사이즈에 대한 질문을 받았고, 그에 답했고, 점원이 재차 물었습니다.

"드시고 가실 건가요?"
생각지도 않았던 말이 맙소사, 그때 불쑥 튀어나왔습니다.

"아니오."
아닌데. 이게 아닌데. 내뱉은 말을 차마 주워 담지 못한 채 신용카드로 계산을 한 뒤 물러났습니다. 이어 차례가 된 그녀가 빠르게 발음했습니다.

"카페라테 하나랑 아메리치노 하나. 두 잔 다 라지 사이즈로. 마시고 갈게요."

그러고는 곁에 선 나를 향해 친절하게 설명했습니다.

"일행이 있거든."
"아, 그렇구나."

각자 주문번호의 손님이 되어 자리를 옮겼습니다. 주문한 것들이 만들어지기를 기다리며, 마주 선 그녀가 나를 똑바로 바라보았습니다. 그러고는 다정하고 친밀한, 20년 만에 우연히 만난 지 2분도 되지 않는 누군가를 향한 것이라고는 믿을 수 없을 만큼 다정하고 친밀한 목소리로 물었습니다.

"직장이 이 근처야?"

"아니 그건 아니고. 볼일 있어서 잠깐 나왔다가."

"그렇구나."

"……"

"……넌 참 그대로다. 그 얼굴."

"그래?"

"옛날 생각나네. 아아."

그녀가 작게 웃었습니다.

느닷없는 불편이 그때 찾아왔습니다. 예기치 않은 만남 이상으로 예기치 않은 곤란이었습니다. 이런 종류의 만남이 그로 인해 한쪽 당사자를 얼마나 불편하게 만들 수 있는지, 아프게 실감하는 순간이었습니다.

02. 전설의 3남

서태지와 아이들이 잠시도 쉴 새 없이 "You must comeback home~."을 노래하던. 마이크로소프트가 Windows95를 출시했던. 쓰레기 종량제와 더불어 케이블방송이 본격적으로 시작되며 TV 채널이 몇 십 배로 늘어났던. 삼풍백화점이 20초 만에 와르르 무너지며 5백 명 넘는 사람들이 순식간에 목숨을 잃었던. 광복 50주년을 맞아 경복궁의 조선총독부가 철거되고 황국신민학교라는 의미의 국민학교가 초등학교라는 이름으로 바뀌어 불렸던. 전두환이 연희동 집 앞에서 기세등등 골목 성명을 발표한 뒤 합천으로 도망쳤다가 검찰 수사관에게 붙잡혀 호송되고 이게 〈타임지〉 선정 '1995년 10대 스캔들' 3위에 올랐던.

그해 우리 곁에는 전설과 같은 '3남'이 존재했어.

역삼초등학교의 영원한 강자, 3반 남진철.

단 한 번도 전교 1등을 놓친 적 없는 수학 천재, 1반 남승우.

잡스러운 수식어가 필요 없는 6학년 공식 미인, 8반 남미경.

공교롭게도 세 명 모두 '남' 씨 성을 가진, 그러나 형제도 자매도 먼 친척 사이도 아닌, 아마도 그런 점에서 더욱 널리 기억되고 알려졌던 세 사람.

남진철은, 이건 내가 눈으로 직접 봤으니 분명히 말할 수 있는데, 정말이지 끝내주게 싸움을 잘 하는 녀석이었어. 지구상의 12살 중에서 싸움으로 녀석을 이길 놈이 과연 있을까 싶을 정도였어.

5학년 2학기 점심시간, 운동장 뒤뜰 토끼장이 있는 어름이었어. 4반 누군가가 5반 누군가의 필통을 빼앗듯 빌려갔다가 망가뜨렸고, 이로 인해 5반 문상호와 4반 남진철이 한 판. 야구부 문상호 역시 싸움깨나 할 줄 아는, 덩치는 남진철보다 더 큰 녀석이었어. 그러나 도통 남진철의 상대가 되지 않았어. 형세를 지켜보던 5반 필통 주인 김선규가 비겁하게도 중간에 껴들면서 2 대 1 싸움으로 번졌어.

남진철은 조금도 당황하지 않았어. 한꺼번에 덤벼드는 두 녀석들을 여유롭게, 순간을 즐기듯, 단 예닐곱 합 만에 간단히 제압하고 말았던 거야. 현란한 좌우 발차기며 날카로운 각도에서 정확하게 꽂히는 주먹 스피드, 어떤 위기 상황에도 흔들릴 줄 모르는 침착함. 5반 두 놈이 흙 묻은 코피와 서러운 울음을 동시에 터뜨리며 물러서고, 넋 놓고 싸움 구경에 빠져들었던 우리 모두 감동의 기립박수를 칠 뻔했어. 축구면 축구 배구면 배구 뜀틀이면 뜀틀 말뚝박기면 말뚝박기 오징어면 오징어까지 허투루가 없는 운동신경에 키도 그 나이 때 175센티미터를 넘었으며 아버지가 유도 국가대표 출신인데 유도가 아니라 태권도를 유치원 때부터 배워서 벌써 공인 3단. 역삼초등학교를 대표하는 싸움짱으로서 그만하면 부끄러울 것 없는 이력이었지.

1반 남승우는, 한마디로 '노력하는 천재'라고나 할까.

천재라니. 게다가 노력까지 한다니. 아이큐가 148을 넘는다는, 중학교 가면 가장 먼저 국제멘사(Mensa)에 가입할 계획이라는 아주 이상한 녀석. 특출한 두뇌를 가졌으면서도 수업시간이면 장난 한 번을 칠 줄 모르고 쉬는 시간이면 수학경시대회 기출 문제집을 풀거나 두꺼운 세계문학전집을 읽느라 쉬는 시간이 따로 없는 사이코 우등생. 학교 끝나면 다른 아이들처럼 구몬수학 따위에 싫증을 내는 게 아니라 무슨 영재스터디니 일대일심화학습이니 등등을 쫓아다니느라 하루하루가 정신없는 괴물. 그러니 생각해봐, 그런 놈이 6년 내내 전교 1등을 하지 않으면 세상에 어떤 놈이 전교 1등을 하겠어. 내가 하겠어?

언제나 교실 맨 앞자리를 차지하고 앉은 남승우. 작은 키 때문에 성적처럼 번호도 늘 1번. 두꺼운 난시 안경에 입안 가득 금속 치아 교정기. 주머니에 들어갈 듯 작은 체구와 컴퍼스로 그리고 오려낸 듯 동그란 얼굴. 늘 말수 없이 조용한 편인데 어쩌다 발표할 때 입을 열면 여자애보다도 가늘고 여리고 소심한 목소리. 이건 어디까지나 내 개인적인 의견이지만 그렇게나 공부를 잘하는 게, 다른 누구 아닌 남승우 자신으로서도 참 다행스러운 일이라고 생각해. 안 그랬더라면 어땠겠어. 공부가 아니었다면, 악담 같지만, 녀석에게 봐줄 구석이 대체 어디 있었겠어.

전설의 3남을 완성하는 마지막 한 사람, 8반 남미경.

길게 소개할 것도 없이 남미경은, 그저 좀 예쁜 애였어. 그저 좀 심하게 많이 예쁜 애였어. 어떻게 보면 예쁘고, 어떻게 보면 귀엽고, 어떻게 보면 1950년대 흑백영화 속 여배우처럼 우아하고. 참 알다가도 모르게 예쁜 역삼초등학교 6학년 공식 미녀.

인기가 많았냐고? 많았지. 당연히 많았지. 그리하여 온갖 관심의 대상이었지. 어디서 '남미경' 세 글자만 들려오면 열심히 도시락을 까먹다가도 잡종 스피츠처럼 번득 고개를 쳐들고 주변을 살피는 남자애들이 한둘 아니었지. 요컨대 이런 식이었지. 점심시간이면 운동장에 우르르 몰려나와 말뚝박기 아니면 '와리가리'를 하다가, 청소시간이면 아슬아슬 창틀에 걸터앉아 유리창을 닦다가, 어느 눈 밝은 녀석이 저편 수돗가를 손가락질하며 다급하게 외치는 거야.

"어, 남미경!"

그러면 서너 명, 많을 때는 예닐곱 명의 아이들이 일제히 몰려들어 그 방향에 온 신경을 집중했지.

"어디 어디?"

"오, 저기 있네 남미경!"

"어디…… 와 정말."

"으아 존나 이쁘다."

"오늘은 빨간 치마 입었네. 역시 귀여워."

"멍청아 저게 빨간색이냐. 고동색이지."

그러고들 있으면 십중팔구, 곁을 지나가던 여자애들이 입술을 비죽거리며 한마디씩 거들었어.

"걔 너무 작지 않아?"

"그러게. 완전 어린애던데."

어깨까지 내려오는 긴 생머리. 단정한 이마. 작고 하얀 얼굴. 조금은 작은 듯 그러나 검고 총명하고 선한 눈매. 늘 미소를 반쯤 머금은, 한 대 쥐어박고 싶도록 귀여운 입술. 세상 불공평을 다 뒤집어쓴 듯 말도 되지 않는 미모 탓에, 제아무리 까불까불 이빨 센 애들도 그 앞에만 서면 공연히 기가 죽어서 말한 마디 제대로 못 건네 보고 머쓱하게 돌아서기 일쑤였지.

03. 대한민국에 서태지가 1백만 명이라면

격변의 1990년대를 선도하던 새싹 X세대요, 잘나가는 12살짜리 강남 오렌지족. 국민학생으로 입학해서 초등학교 졸업장을 받게 될 기구한 근현대사의 산증인, 서울 역삼초등학교 6학년 졸업반들.

누군가 그러더라. 국민학교와 초등학교의 차이란 단순히 명칭의 문제만은 아니라고. 요컨대 국민학생과 초등학생이란, 냄비 속 동태찌개와 부대찌개만큼이나 다른 존재들이라고. 장래 희망이 뭐냐는 질문에 국민학생들이 대통령, 장군, 의사 등등을 입에 올렸다면 초등학생들은 걸그룹 매니저나 요식업체 사장 등등을 주워섬긴다고. 선생님께 꾸중 들은 국민학생들이 등 돌리고 앉아 콧물을 훌쩍거렸다면 초등학생들은 등 뒤에 대고 잽싸게 '빽큐'를 날린다고. 이른바 출생의 비밀에 대해 국민학생들이 다리 밑에서 주워왔다는 말을 믿었다면 초등학생들은 우리 엄마도 제왕절개를 했을까 궁금해한다고.

당사자들 듣기에는 불편한 소리지만, 뭐 인정 못하겠다는 건 아니야. 오히려 그에 대해 누구보다 할 말이 많은 편이라고 할 수 있을 거야. 그즈음 우리의 일상이란, 격변의 1990년대가 국민학교도 아닌 초등학교 6학년들로부터 앗아간 꿈의 빈자리를 꼭 닮아 있었으니까. 그만큼 시시했고 비루하고 재미없었으니까.

학교 끝나봐야 같이 놀 친구도 없고. 놀 시간도 없고. 놀 장소도 없고. 놀 거리도 없고. 문구점 앞 게임기에 50원짜리를 집어넣고 '보글보글'에 빠지거나. 오락실에 가서 '스트리트파이터2'의 상대 캐릭터를 열나게 때려 부수거나. 집에 와서는 엄마 잔소리를 벗 삼아 TV에 현대슈퍼컴보이를 연결하거나. 케이블 채널에서 〈신세기 에반게리온〉이 방송될 시간을 기다리거나.

헐렁헐렁 밋밋하기 그지없는 6학년 세상. 곧 시작될 중학교 시절에 기대감조차 없던 그즈음 우리의 일상에 그나마 짧은 활력을 선사해주었던 대상이 바로 '3남'이었어. 그들이 주인공으로 활약하는 출처불명의 영웅담이었어.

"2반 애들 세 명이 도곡시장을 지나가다 붙들려서 삥을 뜯기고 있는데, 마침 지나가던 남진철이 그걸 목격하고는 쫓아가서 해결해줬다더라."

"그냥 해결한 게 아니래. 존나 두드려 패줬대."

"영등포 무슨 공고 다니는 형들이라며? 이 일을 어쩌냐. 벌집을 건드려놨으니."

"어쩌긴 뭘 어째. 남진철이 알아서 잘 하겠지."

"남미경은 또 누굴 찼다던데."

"서초중학교 2학년, 제갈 뭔가 하는 형이래. 청소년 잡지 모델 출신. 사귀자고 했다가 단번에 거절 당했다잖아."

"다른 학교 자식이 겁도 없이 남미경에게 작업을 걸어? 제갈 이 새끼 나한테 걸리기만 해봐."

"지난번에는 KBS PD한테 출연 섭외를 받고도 고사했다던 데."

"고사? 돼지머리?"

"무식한 놈. 안 한다고 사양했다는 뜻이야."

"아니 왜?"

"남미경네 아빠가 그런 거 질색하는 분이래."

"안됐다 남미경."

"너희들 그 이야기는 아냐? 남승우가 지난달 중간고사 망한 거."

"알지. 세 문제나 틀렸다며."

"내가 봤어. 엄마 죽은 애처럼 질질 짜면서 집에 가는 거, 내 가 똑똑히 봤다니까."

"두 문제를 수학에서 틀렸다더라."

"와 미쳤다. 수학 90점 받았다고 운 거? 나 같으면 좋아서 울 었다."

무武와 문文과 미美의 세 분야에서 저마다 가장 높은 성채를 쌓아올린 예의 3남은, 어찌 보면 대부분의 우리들에게 범접하 기 힘든 영웅이라기보다 시절의 고단과 따분을 잠시나마 잊게 해주는 마스코트와도 같았어. TV 속 가수나 개그맨보다 몇 배 는 친숙한 눈높이에서 우리의 사사로운 흥미를 충족시켜주는 연예인들 말이야. 물론 나와는 전혀 다른 생각을 가진 사람도 있겠지. 일례로 우리 엄마.

"걔네들이 멋있니? 부러워? 속 터져서 정말. 똑같이 밥 세 끼 먹고 커서 누구는 전교 1등이고 누구는 싸움이라도 잘하는데 누구는 이 모양 이 꼴인지."

자기 자식 잘 되기를 바라지 않는 부모가 세상에 있겠나. 이해는 하지만 내 의견은 조금 달라. 세상 사람 모두가 세상 사람 모두로부터 선망 받는 자리에 오른다는 건, 가능하지도 않을 뿐더러 그럴 필요도 없지 않을까. 상상을 해봐. 6학년들이 모두 남진철 급의 싸움 실력을 가지고 있다면, 그렇다면 학교 꼴이 어떻게 되겠어. 이건 역삼초등학교가 거의 역삼흉악범수용소 수준이 되지 않겠어?

상상을 또 해봐. 역삼초등학교 학생들 모두가 남승우처럼 머리도 끝내주게 좋고 공부도 끝내주게 열심인 애들뿐이라면, 그렇다면 학교 꼴이 또 어떻게 되겠어. 그랬다간 중간고사 때 수학 문제 두 개 틀렸다고 울면서 집에 가는 전교 꼴찌들이 수두룩하지 않겠어? 상상을 또또 해봐. 학교의 여자 애들이 모두 그렇게 남미경처럼 예쁘다면, 그렇다면 학교 꼴이 어떻게 되겠어. 그랬다간…… 아, 이건 썩 나쁘지 않은 것도 같고.

내 결론은 이래. 대한민국에 서태지가 한 1백만 명 정도 된다면, 아니 5만 명 정도만 된다면, 강남역 김밥천국에 서태지가 아이들 빼고 혼자 찾아와서 참치김밥에 라볶이를 시켜먹는다 해도, 달려와서 사인을 해달라고 펄펄 뛰는 팬은커녕 거들떠보는 사람도 별로 없으리라는 것. 살다 보면 때로 세상살이의 따분을 잊게 해줄 판타지 스타가 필요하지만, 판타지 스타가 판타지 스타로 존재하기 위해서는 그들에게 미친 척 열광해주는 평범하고 위대한 대중의 존재가 절대적이라는 것. 그런가 하면 평범하고 위대한 대중이 평범하고 위대한 대중으로 살아가기 위해서는 전설의 3남만큼이나 중요한 존재들이 따로 있다는 것. 요컨대 목진서나 장양림 같은.

역삼초등학교 6학년 중에서 가장 못생긴 여자, 7반 장양림.

역삼초등학교 6학년 중에서 가장 못생긴 남자, 8반 목진서.

남진철과 남승우와 남미경이 쌓아올린 성채로부터 정확하게 반대되는 위치를 차지한, 또 다른 의미의 판타지 스타.

공부도 그저 그런 편, 아니 제법 못 하는 편.

운동도 그저 그런 편, 아니 몸치에 가까운 편.

생긴 것도 그저 그런 편, 아니 엄청나게 못생긴 편.

못생긴 여자라니. 누구나 인정할 만큼 못생긴 여자라니. 세상에 그만큼 딱한 노릇이 또 있을까. 심술궂게 돌출된 아랫입술. 불도그처럼 뺨이 쳐진 얼굴상. 갈색 뽀글뽀글한 곱슬머리. 구부정히 앞으로 굽은 어깨. 밤새도록 라면 국물을 먹다가 잠들었는지 위아래로 퉁퉁 부은 눈매. 장양림의 가장 큰 문제는 1년 내내 입고 다니는 그놈의 '달의 요정 세일러문' 티셔츠였어.

그런가 하면 목진서. 단언컨대 역삼초등학교에서 가장 못생긴 녀석. 늘 스포츠형으로 짧게 자른 머리. 비좁은 이마와 보일 듯 말 듯 가느다란 눈썹. 갈색 뿔테 안경 주변에 별처럼 흩뿌려진 주근깨. 오른쪽 광대뼈 아래 커다란 점. 웃거나 뭔가 말을 하려 할 때면 실룩이는 윗입술 새로 툭 비집고 나오는, 누런데다 종종 허연 이물질이 껴 있는 덧니.

웃기는 노릇이지만 더불어 한심한 노릇이지만, 그래서 목진서는 친구가 거의 없었어. 같이 어울려 다니거나 말을 섞거나, 기본적으로 녀석을 상대하려는 애들 자체가 없었어. 이건 왕따나 은따와는 미묘하게 다른데, 요컨대 따돌리고 무시한다기보다 가까이 지내는 것을 '꺼려 하는' 분위기였어. 가까이 지내다 보면, 요컨대 목진서의 못생김이 자신에게 옮을까 봐 걱정하는?

그렇다고 목진서가 학교에서 전혀 아무런 존재감도 없는 투명인간이었다는 소리는 아니야. 오히려 그 반대에 가깝다고 할 수 있어. 애들끼리 무슨 이야기를 하다가 또는 장난을 치다가, 목진서 이름 석 자가 튀어나오는 경우가 심심찮았거든.

"아 답답해, 그것도 모르냐? 이 새끼 이거 완전 목진서네."

"뭐 이 새끼야? 죽을라고."

"메롱 잡아봐라."

"거기 안 서? 저런 목진서 같은 게!"

6학년 1반부터 12반까지 5백 명 넘는 학생 중에, 목진서의 단짝으로 불릴 만한 애가 딱 한 명 있긴 있었어.

그 애는 바로 나였어.

점심시간에만 붙어 있는 단짝. 점심시간 중에도 밥 먹는 시간만 함께하는 단짝. 그 외의 시간에는 모르는 사이처럼 따로 지내는 이상한 단짝. 자랑은 아니지만 내가 없었다면, 목진서는 6학년 점심시간 내내 자기 혼자 도시락(우리는 의무급식제 이전의 '도시락'이란 것을 경험해본 세대야.)을 먹어야 했을 거야.

다른 애들의 호기심 어린 시선을 참으면서, 목진서 특유의 강력한 못생김에 감염될 위험을 감수하면서까지 늘 녀석과 함께 밥을 먹었던 이유는 단 하나, 두부 때문이었어. 파 마늘로 빨갛게 양념한 두부조림. 언젠가 한 입 뺏어 먹어보고는 완전히 뿅! 반하고 만 그것. 엄마에게 여러 차례 졸라봤지만 그 오묘한 맛을 비슷하게조차 재현할 수 없던, 매일 하루도 변함없이 목진서의 누런 양은 도시락 한구석을 지켜온 바로 그 마성의 반찬 때문이었어.

"와, 니네 엄마 진짜 요리사 아니냐?"

점심시간이면 책상 하나에 마주 앉아 각자 싸온 도시락을 펼치고, 오늘도 어김없는 '목진서 엄마표 별 다섯 개짜리 마성의 매운 두부조림'을 내 반찬인 양 열심히 집어먹다가, 밥만 먹기가 뭐해서 그렇게 한마디 건네곤 했어. 그러면 목진서가 멋모르고 헤벌쭉 웃었어. 튀어나온 덧니에 벌겋게 양념을 묻힌 채로.

"맛있어?"

이제 와 돌아보면 그런 생각도 드네. 목진서가 한결같이, 여름이나 겨울이나 비가 오나 바람이 부나 매일 두부조림만 싸가지고 다녔던 것은, 혹시 목진서의 엄마가 아니라 목진서 때문 아니었을까? 점심 단짝 친구인 나를 위한, 녀석의 작은 배려?

04. 미안해, 라고 말할 수 없었어

남미경과 나 사이에 '우리 둘만 통하는 사연'이 하나 있다면, 남미경와 나 이외에는 아무도 모르는 비밀 한 가지가 있다면, 그 말을 믿을 사람이 얼마나 있을까 모르겠네.

납득이 안 가겠지. 이해가 안 되겠지. 아무렴 천하의 남미경이, 역삼초등학교 6학년 공식 미인이 고작 나 따위와 둘만의 사연이라니. 전교 1등은커녕 반에서 10등 안에 들어본 기억조차 없는 내가, 싸움 짱은커녕 운동신경도 그저 그래서 반 대항 축구 시합 같은 때 후보 선수로 뽑혀본 적조차 없는 내가, 천하의 장양림과 아니 남미경과 아무도 모를 비밀이라니.

6학년 아니라 4학년 때였어.

그해 가을, 1993년 2학기.

3교시 서예시간이 막 끝난 즈음이었어. 교실 안에 아이들 떠드는 소리가, 책걸상 끄는 소리가, 뭔가 집어던지고 부딪치고 악쓰는 소리가, 은은한 먹 향기 속에 정신없이 쏟아지는 중이었어.

예나 지금이나 매사에 느려 터진 행동 탓에 안 먹을 잔소리까지 도맡아 듣는 나였고, 그날도 변함없이 '배려하고 감사하자'(우리 반 급훈이었어.)를 다섯 번 반복해 쓴 붓글씨를 가장 마지막으로 교탁에 제출할 수 있었어. 그러고는 쉴 새 없이 붓과 벼루를 챙겨 교실을 나섰어. 꾸물거리다가는 곧바로 4교시 시작 종이 울릴 테니까. 그랬다가는 화장실에 가서 벼루며 붓을 씻어올 수 없을 테니까. 그랬다가는 먹물 넘실거리는 그것들을 책상 아래 엉거주춤 내려놓고 수업을 듣다가, 시어머니라는 별명을 가진 담임선생에게 십중팔구 "넌 여태 그거 안 씻어놓고 뭐했니?" 배려도 감사도 없는 힐난을 얻어먹을 테니까.

화장실 앞이었어. 3층 복도. 과학실을 지나 남자 화장실이 있었고, 벽에 걸린 '자원재활용' 포스터 입선작들을 몇 개 지나면 여자 화장실이 있었지.

남미경을, 거기서 마주쳤어.

남미경은 화장실에서 나오는 중이었고 나는 막 들어서려던 중이었어. 나를 발견한 남미경이 먼저 스르르, 걸음을 멈췄어. 아니, 남미경을 발견한 내가 먼저 스르르, 걸음을 멈췄던가.

남미경. 2학년 때 같은 3반이었던, 3학년 때도 같은 7반이었던. 그러나 친하기는커녕 제대로 대화 한 번 나눠본 기억이 없는 남미경. 4학년 되어서는 2반과 5반으로 짝이 갈린 남미경.

"안녕."

남미경이 나직이 아는 체했어. 한순간 내 얼굴을 똑바로 바라다보며 종알거렸어. 슬프도록 자그마한 목소리였어. 가련하도록 작고 하얀 얼굴이었어. 그래서 나는 조금 헷갈렸어. 뭐가 어째서 그렇게 헷갈리는지 알 수 없지만 하여튼 헷갈렸어. 예쁘구나. 가까이서 보니 과연 예쁘구나 아니 귀엽구나. 무슨 4학년이 1학년처럼 어려 보일까. 어쩌면 저렇게 오물오물 입술을 달싹여서 안녕, 귀여운 소리를 낼 수 있을까. 하지만 언젠가 너도 6학년이 되고 중학생이 되겠지. 고등학생이 되고 어른이 되고, 언젠가는 누군가의 아내가 되고 누군가의 엄마가 되겠지. 언젠가는 그럴 날이 오고 또 가겠지.

그런데 왜 그랬을까.

별안간 왜 그런 행동을.

순간 내가, 내 손이, 시키지도 않은 짓을 불쑥 저지르고 말았어. 쥐고 있던 붓으로 남미경의 하얀 옷소매에 슥, 먹물을 묻힌 거야. 느닷없이. 충동적으로. 전혀 어떤 감정도 의도도 이유도 없이. 땅바닥의 개미를 발끝으로 비벼 죽일 때처럼, 돌발적으로.

"아."

남미경이 조그맣게 탄성했어. 먹물로 새카매진 옷소매를 망연히 바라보다가, 내 손에 쥐어진 서예 붓을 처연히 바라보다가, 흑흑 소리 죽여 흐느끼기 시작했어. 소리를 지르거나 욕을 하지도 않았어. 비명을 지르거나 왜 이러는 거냐고 따져들지도 않았어. 조용히 울기만 했어.

미안해.

그렇게 말할 수 없었어.

미안해, 라고 말하려면 내가 왜 그런 잘못을 저질렀는지 분명히 알고 있어야 하니까. 미안해, 라고 말한 다음에는 내 미안한 행동에 대한 해명이 뒤따라야 하니까. 하지만 그 어떤 시시한 변명거리도 내게는 없었으니까.

대신에 도망쳤어. 사건 현장으로부터 돌아서서 냅다 달리기 시작했어. 짝사랑을 고백하고는 부끄러워진 소녀처럼. 느닷없는 사랑 고백을 받고 부끄러워진 소년처럼. 두근두근, 복도 한가득 다급한 발소리가 나를 뒤따랐어.

6학년이 되었고, 다시 같은 8반에서 남미경을 만났어.

여전히 예쁘고 귀엽고 얌전하고 조용하고 공부도 제법 잘하는 아이. 여전히 사납거나 새침한 성격은 아니건만 그럼에도 왠지 가까이 하기 어려운 아이. '6학년 공식 미인' 남미경은, 이전에도 그러했듯 이후로도 내게 밤하늘의 별빛 비슷한 무엇이었어. 그런 존재가 있다는 것은 알고 있지만 가까이 다가갈 방법도 그러고 싶은 마음도 별로 없는 사이. 대체적으로 그 존재를 인식하고 있기는 하지만 별다른 영향력을 주고받을 일 같은 건 없는 사이. 그러한 간극이 그다지 안타깝지도 아쉬울 것도 없는 사이. 하지만 전교생 누구도 알지 못하는 비밀스러운 사연 하나를 나누어 간직한 사이.

글쎄, 이걸 '사이'라고 해도 상관없을까?

05. 한 번만 만나게 해줘

세상에서 가장 어정쩡한 존재들. 인생에서 가장 애매한 신분들. 재미도 없고 추억도 없으며 설령 그럴 수 있다 해도 다시 돌아가고 싶은 이유가 한 개도 없는 중학생 3년 시절을 광속으로 가로지르니 지긋지긋하던 90년대가 끝나가는 중이었어. 20세기가 저무는 중이었어. 저 멀리 21세기가 시무룩한 얼굴로 우리를 기다리는 중이었어.

20세기의 벼랑 끝과도 같은 1999년, 바로 그해에 고등학생이 되었어. 노스트라다무스가 지구 멸망을 예언한 해였어. 뉴 밀레니엄, 세기말, Y2K 등등의 단어가 시종 유행가처럼 떠돌던 해였어. '21세기 앞으로 ○○○일' 따위의 매일매일 그 숫자가 줄어드는 표어를 눈 가는 어디에서나 찾아볼 수 있는 해였어. 1999년 12월 31일 23시 59분 59초가 되고 컴퓨터 프로그램이 그로부터 1초 뒤인 2000년을 1900년으로 오인하며 엄청난 문제들이 발생하는, 요컨대 교통, 금융, 세무 등 행정 시스템이 연쇄적으로 마비되고 비행기는 공중에서 길을 잃고 발전소는 갑자기 가동을 멈추고 금융 시장은 대혼란에 빠지고 통신 시스템이 붕괴될 수 있다는 등 이른바 '밀레니엄 버그'에 얽힌 괴담 수준의 우려들이 덩달이 시리즈처럼 난무하던 해였어. IMF 여파 속에 수많은 회사가 문을 닫고 수많은 실직자가 발생하며 시름만 깊어지던 해였어.

17살. 고등학교 1학년.

고등학교에, 특히 남자고등학교에 갓 입학한 17살들이라면 누구나 뼈저리게 실감하는 게 있지. 장차 3년을 생활해야 할 이곳이 통상적 의미의 '학교'와는 질적으로 다른 세계라는 것. 장차 이곳에서 보내게 될 3년 세월이 일반적 의미의 '학창시절'과는 큰 차이가 있는 시간들이리라는 것. 게다가 내가 입학한 고등학교는 일대에서 '빡세기로' 소문 자자한 곳이었어. 중학교 졸업을 앞두고 고등학교 배정 발표를 하던 날, 소문 들은 아이들이 우르르 모여들어 충격에 말을 잃은 나를 진심으로 위로해 주었을 정도였어.

학교와 조직이, 학생과 조직원이 종종 혼동되는 세계. 교육과 지도보다는 지시와 통제가 먼저인 세계. 이성과 상식보다는 힘의 논리가 반 발쯤 앞서는 세계. 가혹행위와 체벌과 구타가 공공연히 통용되는, 어찌 보면 그 방식을 중심으로 전체 질서가 유지되는 세계. 자연계의 먹이피라미드가 그러하듯 포식자 아니면 피식자. 도망치지 않으면 죽고, 잡아먹지 않으면 굶어죽고, 약해 보이면 무시당하고, 허점을 드러내면 곧장 바닥으로 곤두박질하고 마는 야수들의 정글. 거칠고 다듬어지지 않은 수컷들의 왕국.

지금부터 시작하려는 게, 바로 그 개미지옥 속 이야기야.

험난한 원시 정글에 불시착해서 어리둥절 1학기를 보내고, 짧은 여름방학 끝에 2학기를 맞이하던 즈음이었어. 탈옥수 신창원이 2년 6개월 만에 검거되고, 가수 이정현이 무협지에 나타날 듯 펄럭이는 무대 의상에 길쭉한 새끼손가락 마이크를 세워들고는 "설마 했던 네가 나를 떠나버렸어." 외쳐대고, 대한민국 상록수부대가 평화유지활동을 위해 동티모르에 파병되고, '10대들의 해방구'로 불리던 인천 인현동의 한 호프집에 불이 나서 중고생을 비롯한 52명이 숨지던 즈음.

중간고사 끝나고 맞이하는 첫 번째 월요일이었어. 점심 먹고 운동장으로 나와, 기운 없는 가을볕 속을 어슬렁거리던 참이었지.

"야 한차연."

내 앞에 나타난 두 명. 같은 학년이지만 반은 달랐고, 그럼에도 누군지 알 만한 애들이었어. 1학년 먹이피라미드의 최상위권 소속. 정민규. 고태훈.

"잠깐 얘기 좀 하자."

"무슨 얘기를……."

삽시간에 입장 곤란해진 내가 말끝을 흐렸고, 가을볕 속을 함께 어슬렁거리던 친구들이 호랑이 배변 흔적에 놀란 하이에나들처럼 눈치를 살폈고, 특히 며칠 전에 구입한 모토로라 PCS폰을 열나게 자랑하던 '좆삐리' 정필은 행여 그 물건을 뺏길까 안절부절 어쩔 줄 모르고.

정민규에 이어 고태훈이 사채업자처럼 땅바닥에 연신 침을 뱉었어.

"할 말이 좀 있다네. 대현이가."

"대……현?"

"따라와 봐. 별거 아니니까."

두 명과 함께 끌려간 아니 찾아간 곳은 지혜관 뒤뜰 계단참, '구름동산'이었어. 잘나가는 2, 3학년 선배들이 즐겨 찾는, 때로는 먹이피라미드의 최상위층의 1학년들도 겁 없이 얼씬거리는 흡연 공간. 정필이나 나 같은 존재들에게는 해당사항이 없는 세상. 내가 여기를 다 와보는구나. 맙소사 더럽게 행복한 날이로구나.

"니가 한차연이냐? 1반?"

낡은 나무의자에 앉아 맛있게 담배를 빨던 누군가 대뜸 그러더군. 나를 데리러 온 두 녀석들보다도 넓은 어깨. 넓적한 얼굴 각진 턱선. 지저분한 피부와 검고 두툼한 입술. 10시 10분을 가리키는 시곗바늘처럼 양끝으로 뾰족 솟구친 눈매. 공대현이었어. 1학년 먹이피라미드의 최상위 포식자. 1년 꿇은 1학년 공식 싸움 짱.

"나 공대현이다. 반갑다."

"어…… 에."

우물거리자 대현의 뾰족 솟구친 눈매가 잠시 꿈틀.

"'에'야 '예'야? 말 똑바로 해봐. 존댓말을 제대로 하든지 같은 1학년이라고 반말 싸지르다가 아가리 부서지든지."

"아니에요 형."

만화 속이었다면 눈빛 퀭해지고 굵은 땀방울이 뺨을 타고 주르륵 흐를 장면. 반말 싸지르다가 아가리 부서지든지, 라니. 말 한번 쫄깃하게 하는구나.

담뱃갑에서 한 가치를 3분의 1쯤 뽑은 공대현이 그걸 내밀었어.

"모, 못 피우는데요."

"애새끼."

정민규 고태훈이 삐딱하게 서서 썩은 미소를 흘렸어. 하지만 대현은 웃지 않았어.

"갑자기 보자고 해서 미안하다."

"……."

"다른 게 아니라, 개인적으로 뭐 좀 물어볼 게 있어서. 부탁도 하나 할 겸."

"부탁……이요?"

"그래. 돈 드는 거 아니니까 긴장 풀고."

가만, 이건 좀 이상하군. 정기적으로 매주 삼천 원씩 상납하라고 부른 게 아닌가? 두 달간 영어 쓰기 숙제를 대신 맡아달라고 부른 게 아닌가? 내가 신은 나이키 신발과 자기가 신은 나이스를 바꾸자고 부른 게 아닌가?

"너 말이야, 음, 남미경이라고 알지?"

남미경이라. 원 세상에. 남미경과의 인연 같지도 않은 인연이, 말도 안 되는 방식으로 다시 이어지고 있었어. 거 참 놀랍군. 아니 어이가 없군.

"초등학교 때 너랑 친했다며. 역삼초등학교. 같은 반이었다며."

"같은 반이긴 했지만……."

"중학교도 같은 데 나왔다던데."

"남녀공학이었거든요."

"서운중학교?"

"예."

"기분 나빠 하지 마. 뒷조사를 한 건 아니고. 애들이 그러더라고."

여부가 있겠습니까. 설령 기분이 나쁘더라도 그걸 내색할 일이야 있겠습니까.

"남미경 걔, 이쁘더라?"

공대현이 배시시 입가를 일그러뜨렸어. 보는 사람이 다 수줍어지는 미소였어.

"솔직히 말할게. 형이 요즘 아주 죽겠다, 걔 때문에."

"……."

"딱 한 번 봤거든. 걔 다니는 세진여고 근처에서. 스쳐가듯 잠깐."

"아, 세진여고."

"말도 못 붙여봤어. 그럴 겨를도 없었어. 그런데 자꾸만 생각이 나네. 이상하게."

"……."

"걔 한 번만 만나게 해주라. 형이 말주변이 없어서, 쪽팔리지만 이렇게 부탁하는 거다. 너랑 친했다며?"

"어어."

"만나게만 해줘. 한 번만. 그게 다야. 나머지는 내가 알아서 할게. 그러니 부탁 좀 하자. 내가 이 은혜는 잊지 않을 테니."

나랑 친했다고? 남미경이? 도대체 어떤 정신 나간 놈이 그런 개소리를? 설마 남미경이? 하지만 절대 그렇지 않다는 둥 그건 사실과 다르다는 둥 해명을 늘어놓을 겨를이 없었어. 아찔한 혼란 속에 운명의 벨소리가 들려오는 중이었어. 드로브작의 교향곡 〈신세계로부터〉 4악장. 5교시 시작을 알리는 신호였어. 의자에서 일어선 대현이 내 어깨를 툭, 쳤어.

"되도록 빨리 좀 부탁한다. 그럼 또 보자고."

어깨는 아프지 않았어. 다만 마음이 아팠어.

06. "목진서?"

왜냐하면, 공대현이 무려 네 번이나 입에 올린 '부탁'이란 게 사전적 의미와는 거리가 한참은 먼 때문이었어. 웬만한 2학년들도 피해간다는 1학년 짱 공대현이 직접 불러내서 디스까지 한 대 권하며 정중하게 청해오는 부탁을 정중하게 거절할, 그토록 정신 나간 아이가 전교에 몇 명이나 될까. 그날의 남은 시간들이 시련 깊은 고민과 궁리 속에 저물어갔어. 고민의 끝은 길지 않았어. 아직 창창히 남은 고등학생 시절을 생각할 때, 공대현의 명령 아닌 부탁을 들어주지 않는 일은 힘들다는 아니 가능하지 않다는 것. 그리하여 남겨진 궁리는 거푸 한숨만 나오는 종류의 것이었어.

다시 한 번 왜냐하면, 세진여고 1학년 남미경과 나는, 공대현의 주장과 달리, 절대로 친한 사이가 아니었으니까. 역삼초등학교 때는 물론이요 서운중학교 시절에는 더더욱 그러했으니까. 같은 학교를 다니면 뭐하냐고 여학생 반은 3층 남학생 반은 2층, 그런 식의 남녀 분반. 서로 어울리는 것 자체가 물과 기름 섞이듯 흔하지 않은 일이었으니까. 어쩌다 등굣길 버스 안에서 서로의 시선이 마주쳤다가도 "그래, 너라는 애가 세상에 있었던 것 같기도 해."하듯 무심히 눈길을 돌렸으니까. 심지어 남미경이 우리 고등학교에서 버스 네 정거장 떨어진 세진여고에 다닌다는 것조차, 오늘 처음 알게 된 사실이었으니까.

이럴진대 대체 무슨 명목으로 아니 면목으로 별안간 남미경 앞에 찾아간단 말인가. 설령 그렇게 할 수 있대도, 대체 무슨 체면으로 아니 낯짝으로 별안간 "나랑 사귈래?"한단 말인가. 아니 그게 아니구나, 대체 무슨 낯짝으로 별안간 "오랜만이다, 너 소개팅 한 번 안 할래?" 운을 뗀단 말인가.

운명아, 갑자기 나한테 왜 이러는 거냐.

빌어먹을 공대현은 어쩌다 그렇게 남미경을 발견하고는 한눈에 반해서 난리람.

빌어먹을 남미경은 어쩌다 그렇게 예뻐서 난리람.

빌어먹을 한차연은 어쩌다 그렇게 남미경과 친하다는 거짓 누명을 쓰고 난리람.

'딱 일주일'로 못을 박았어. 일주일만 눈 딱 감고 고생하자. 어차피 닥친 일, 일주일만 버린다 생각하자. 되면 다행이고 안 되면 안 되더라는 변명거리라도 만들어보자. 일이 성사되지 않더라도 최대한 성의와 노력을 보여서, 천만다행으로 공대현이 이를 인정해줘서, 학교 뒤뜰에서 변사체로 발견되는 일만은 피하고 보자.

당장 다음 날부터 철 지난 동문수첩과 졸업앨범을 펼쳐들고 장고에 들어갔어. 누구에게 전화를 걸어야 할까. 초등학교 동창, 중학교 동창, 초등학교와 중학교를 같이 다녔던 애들 중에서 그래도 이것저것 가리지 않고 솔직한 대화를 나눌 만한 애들이 누구누구 있을까.

-남미경.

"그래."

-남미경이라.

"그렇다니까."

-갑자기 남미경은 왜. 꼴렸냐?

"이런 미친."

-고등학교 가더니 존나 이상해졌네. 걔 연락처를 내가 왜 알아.

"'왜 알아'가 뭐냐 이 언어 파괴자 새끼야."

-됐고. 어쨌거나 간만에 목소리 들으니 반갑네. 언제 만나서 술이나 한잔 하자.

"술 마셔 요새?"

-얼빵한 새끼. 양재동으로 와, 형이 맥주 한 잔 살게.

얍삽이 신동해 녀석에게는 애초에 전화를 하는 게 아니었어. 그렇다면 6학년 때 단짝 주찬이는 어떨까.

-잘 사냐.

"그냥 그렇지 뭐."

-빨리 말해. 나 급해.

"뭐하는데. 똥 싸?"

-스타.

"공부 좀 해라."

-갑자기 왜.

"너 여자애들 많이 알지?"

-여자애들?

"역삼초등학교 때 말이야. 전은하, 최진경, 윤보배, 남미경. 그런 애들."

-여자애들은 왜.

"동창회 하자고."

-동창회는 왜.

"재미있을 거 같아서. 애들 보고 싶지 않냐?"

-보고 싶긴 왜.

"넌 씨발 '왜'밖에 모르냐."

-아 왜. 빨리 좀 말해. 엄마한테 딱 한 시간 허락 받았단 말이야.

"끊자 끊어. 스타나 해라."

-미친 새끼 왜 갑자기 꼴려서 난리야. 야동 구워놓은 거 빌려줘?

간만에 통화되는 친구들이라고 다들 이 모양이라니. 내 신세가 애처롭더군. 다음은 5학년 때 강릉에서 전학 온 조딸딸 조영민. 애라고 뭐가 좀 다르려나.

-동창회를 언제.

"기말고사 끝나고. 겨울방학 때 봐도 좋고."

-어디서. 학교에서?

"생각 중이야."

-나는 상관없어. 날짜 잡히면 연락해.

"너 상관없는 건 상관없어. 올 만한 여자애들이 누가 있겠냐고."

-전화 돌려봐. 졸업앨범 뒤에 전화번호 있을 텐데.

"집 전화뿐이잖아. 바뀐 번호도 많고."

-글쎄다…… 남미경이라면…… 아, 걔한테 전화해보지?

"누구."

-목진서.

"목진서?"

-응.

"……두부조림?"

-두부조림이라니.

"아니 그게 아니라. 목진서가 왜? 그 새끼가 남미경이랑 친하대?"

-흥분하고 난리야.

"흥분하는 게 아니라."

-남미경이랑 목진서랑 같은 동네 살았잖아. 무지개아파트 2단지 앞동 뒷동에.

"그런데."

-소문이 잘못 난 건지는 모르겠는데, 남미경 엄마랑 목진서 엄마랑 친한 사이라더라. 고등학교 동창이라던가.

"너 혹시, 목진서 연락처 아냐."

-기다려봐. 삐삐 번호가 있는 것도 같고.

"어이가 없네. 우와아아."

―뭐가 어이가 없는데? 내가 목진서 삐삐 번호 아는 거?

다양한 경로를 통해 입수한 정보에 의하면, 남미경은 중학교 2학년 때까지 살던 방배동 무지개아파트에서 지금의 역삼동 진달래아파트로 이사를 왔대. 건축 일 하시던 아버지 사업이 망했다느니, 그래서 부모님이 이혼을 했다느니, 작년에 결혼한 큰오빠가 호주로 이민을 갔느니, 확인하기 전까지는 진위가 확실치 않은 소문도 다수 있었지만 사실이건 아니건 내게는 하나도 중요한 이야기가 아니므로 패스.

이번에 알게 된 것처럼 세진여고에 입학했고, 1학년 5반인가 6반인가, 1학기 때는 방송부 활동을 잠깐 했고. 2학기부터는 대치동 은마아파트 상가에 있는 '입시전문 아를미술학원'에 다니기 시작했고. 일주일에 세 번. 화, 목, 토. 일곱 시부터 아홉 시까지 두 시간 수업.

이만하면 정보는 충분했어. 이제 필요한 것은 계획을 실행에 옮길 용기와 의지였어. 그리고 예의 두 가지를, 목요일 오전 2교시 끝나고 들른 화장실에서 얻을 수 있었어.

"오랜만이다?"

소변기 앞에 막 다가선 참이었어. 곁에 서 있던 누가 아는 척을 했어.

"잘 지내냐."

"어, 응."

고태훈이었어. 대현의 따까리 가운데 한 새끼.

"그거, 잘 진행되고 있나?"

'그거'가 뭔지 되물을 필요도 없었어. 기분이 갑자기 나빠졌어. 오줌도 잘 나오지 않았어.

"대현이가 기대 많이 하던데."

"……"

열심히 털어대던 물건을 집어넣은 녀석이 바지 지퍼를 채웠어. 그러고는 자리를 뜨면서 내 어깨를 툭, 쳤어. 더럽게 어디에 닦는 거냐.

"잘 좀 하자 응?"

07. 배가 고프더라. 신세 처량하더라

목요일 저녁. 대치동 은마아파트 상가.

시간 맞춰 그곳으로 찾아갔어. 남미경을 만나기 위해서. 졸업 후 처음으로 뜻밖의 장소에서 아주 우연히 남미경과 마주치기 위해서. 아를미술학원(그런데 '아를'이 뭐지? 사람 이름인가?)은 상가 3층에 자리 잡고 있었어. 아는 사람은 알겠지만 은마 상가가 토 나오도록 복잡하고 정신없는 곳이잖아. 상가 출입문이 앞뒤 합쳐 일곱 군데. 일단 건물 안으로 들어서면 1층에서 2, 3층으로 연결되는 계단 통로가 또한 세 곳.

개중에 내가 선택한 곳은 기역자로 꺾이는 상가 복도 가장 오른쪽, 참맛분식 바로 옆 계단이었어. 3층까지 올라갔을 때 미술학원까지의 거리가 가장 가까운 위치였거든. 같은 이유로 남미경이 당연히 그 계단을 이용하리라고 확신할 수는 없었지만, 어쩌겠어, 세 군데 계단 중에 딱 한 곳만을 선택해야 할 입장이었으니.

6시 51분.

마땅히 앉아 있을 데도 없는 계단 근처를 서성이며 벌써 12분 넘게 누군가 스쳐가기를 기다렸어. 오가는 사람들은 징그럽게 많고 아는 사람을 만나지 않을까 걱정스러운 중이었어. 지금쯤 나타날 때가 되었는데. 이미 일찌감치 학원에 도착해 있는 거 아닐까. 아니면 다른 계단을 이용하는 거 아닐까. 오늘은 일이 있어서 학원을 하루 빠지는 거 아닐까.

6시 59분.

배가 고프더라. 참맛분식의 새콤매콤 떡볶이 양념 냄새가 복도에 유난히 진동하더라. 신세 처량하더라. 지금 당장 집으로 출발해도 7시 30분은 넘을 텐데, 또 어딜 그렇게 싸돌아다닌 거냐는 엄마 잔소리가 환청처럼 들려오더라.

7시 11분.

왜 안 오는 것일까. 작전 실패일까. 30분 넘게 그곳을 서성이며 시야를 스쳐간 사람들이 대략 5백 명 정도 될까. 주로 아줌마와 할머니. 작업복 차림의 아저씨. 떡꼬치나 하드를 입에 문 초등학생 꼬마들. 모르는 얼굴과 얼굴들의 물결 속에, 한순간, 낯익은 얼굴 하나가 환히 피어올랐어. 그 얼굴이 내 앞을 샤라락 지나쳐가는 중이었어. 바쁜 걸음으로 나를 지나 2층 계단을 밟아 오르는 뒷모습. 틀림없는 남미경이었어.

"저기, 잠깐만!"

걸음을 멈춘 남미경이 황황히 뒤를 돌아봤어. 쌔근덕쌔근덕 숨을 몰아쉬면서. 의아한 얼굴로. 학원에 늦었구나. 그래서 뛰어왔구나. 3초에서 4초가량 나를 바라보던 그 표정이, 아주 조금 밝아졌어. 다행이었어. 참으로 다행이었어.

"너⋯⋯."

그렇게 중얼거리더군. 그걸 인사말의 일종으로 생각해도 좋을지, 어쨌거나 나를 알아보겠다는 의미임에는 분명하더군.

"남미경 맞지?"

"응."

"나 한차연."

"알아. 기억해."

"오랜만."

가슴에 New♥York가 새겨진 하얀 후드 티. 그 위에 베이지색 카디건. 집에 들러서 교복을 갈아입고 온 모양이구나. 그러느라 늦은 거니?

"세진여고 다닌다는 이야기 들었는데."

"맞아, 너는?"

"상준고등학교."

"아, 상준."

까만 비닐봉지를 양손에 다섯 개 정도 나눠 든 아주머니가 마주 선 우리 사이를 종종 지나쳐갔어.

"거기, 되게 힘든 데라던데."

"맞아. 뭐 들은 소문이 있다면, 그 이상일 거야."

하얗고, 작고, 어린 데다 착해 보이는 얼굴. 예쁘구나. 예쁘긴 더럽게 예쁘구나. 공대현이 한눈에 반할 만도 하구나.

"이 동네 살아?"

"그건 아니고, 엄마 심부름 좀 하러."

"그렇구나."

"너는?"

"나는, 음, 여기 학원 다녀. 미술학원."

알아 나도.

"미대?"

"모르겠어 아직. 서양화를 꼭 배우고 싶었거든. 안 그랬다가는, 나중에 후회할 것 같아서."

어깨에 멘 천 가방을 으쓱 고쳐 멘 남미경이 실토했어.

"사실 나 늦었어. 일곱 시부터 시작인데."

그것도 알아.

"그렇구나."

"갈게. 만나서 반가웠어."

"잠깐만. 연락처 좀 줄래?"

오랜 궁리 끝에 준비해둔 대사를, 그제야 써먹을 수 있었지.

"그러잖아도 요새, 계획하는 게 하나 있거든."

"계획하는 거라니."

"동창회."

"동창회?"

"제1회 역삼초등학교 18기 동창 모임."

"아항……."

"나이 드니 갑자기 옛날 친구들이 그립네. 그래서."

뭐가 좋은지 남미경이 피식 웃었어. 가방에서 펜과 수첩을 꺼내 뭔가 적더니 종이 한 장을 찢어 내밀었어. 0 1 8 4 3 0 4 5 9 5 0. 이게 뭐지? 아 PCS폰 번호구나. 이럴 때 나도, 맞교환하듯 핸드폰 번호를 건넨다면 얼마나 폼이 날까. 남들 다 가진 삐삐 하나 없는 신세라니.

"날짜 잡히면 연락해. 웬만하면 참석할게."

"그러지 말고, 네가 여자애들 쪽에 연락 좀 해주면 어때? 말 난 김에."

"나? 글쎄 나는, 아는 친구들도 별로 없고. 친구 많은 애들 있잖아. 송민희. 남재연. 이진주. 그런 애들."

"그래도 네가 연락하는 게 더 격에 맞지."

"격이라니."

"6학년 공식 미인. 8반 남미경."

그러자 남미경이 하얀 이를 드러내며 다시 웃었어.

"너 원래 이렇게 웃겼니?"

너 원래 이렇게 잘 웃었니?

"어쨌거나 나, 정말 가봐야 해. 학원 늦어서."

"조만간 이 번호로 연락할게. 동창회 준비 모임 한번 갖자고."

"……간다. 안녕."

08. 그런 방법은 세상에 없다

"따까리 새끼."

월요일 점심나절의 구름동산에서 목요일 저녁 은마아파트 상가까지 눈물겨운 사연을 듣고 난 정필이 히죽거렸어.

"좆삐리 새끼가 죽을라고."

"시키는 대로 넙죽넙죽 여자 심부름이나 하러 다니고. 그게 따까리 아냐?"

"좆까세요."

"깠거든요."

"너 같으면 안 그랬을 거 같냐? 더 했을걸? 정미라도 갖다 바쳤을 걸?"

"말 하는 거봐, 따까리 새끼가."

정미는 한 살 터울 지는 정필의 친동생이었어. 역삼초등학교 6년 더하기 서운중학교 3년 더하기 장차 상준고등학교 3년까지, 10년 세월을 지긋지긋하게 붙어 다니게 된 정필의 별명은 좆삐리였고. 발음이 비슷하기도 했지만 글쎄, 과연 비슷한 게 발음뿐일까?

"아, 오늘 공대현 또 한 따까리 했다던데."

"나도 들었어."

"불쌍한 놈들. 그러게 견디지도 못할 걸 왜 개겨."

"그게 개긴 거냐. 재수가 없었던 거지."

공대현과 일당에게 매주 한 차례 돈을 상납하는 애들이 반마다 두어 명은 있다더군. 그와는 별개로 온갖 구질구질한 일을 대신 해주는 빵셔틀도 그 정도는 된다더군. 그렇게 전교를 통틀어 공대현에게 주기적으로 '빨리는' 피해 학생이 대략 60명. 천하에 사악한 공대현은 거기서 그치지 않고, 별의별 이유를 갖다 붙여가며 그들 중 일부를 주기적으로 족친다는군. 그로써 자신을 향한 충성심을 유지하려는 목적이라더군.

오늘 걸린 애들은 7반이라든가, 들어보니 운이 조금 많이 없는 애들이더군. 3교시 끝나고 매점 앞. 대현 먹을 왕뚜껑에 뜨거운 물을 받아가던 a가 같은 반 비슷한 처지의 b를 우연히 만났다더군. a의 손에 들린 물건을 바라본 b가 자조적으로 한마디.

-공(공대현을 부르는 셔틀끼리의 별칭) 먹을 거냐?

-당근.

-만날 왕뚜껑만 처먹는군.

-그러게. 아 뜨거.

-침 뱉을까?

-마음대로.

-티 안 나겠지?

-안 나겠지.

-가래침을 그냥 크악!

-히히. 더러운 새끼.

실제로 침을 뱉지는 않았고 그렇게 몇 마디 낄낄거리다 말았는데, 재수가 없으려니 마침 그 곁을 지나던 4반 조정호가 그 이야기를 엿들었다더군. 조정호란 놈으로 말하면 중학교 때는 좀 놀았대나 어쨌대나, 반에서 약한 아이들만 골라서 샤프 끝으로 옆구리 같은 데를 쿡쿡 찌르고는 아파서 어쩔 줄 몰라 하는 모습에 낄낄거리며 좋아하는 사이코 새끼로, 공대현에게 잘 보여서 그 패거리에 들어가고 싶어 죽겠는데 방법을 몰라서 안달이 난 쓰레기였지.

옳다구나 싶은 조정호가 쪼르르 대현에게 쫓아갔지. 그러고는 7반 가련한 빵셔틀 두 명의 쑥덕쑥덕 뒷담화를 신나게 고해바치며 꼬리를 살랑거렸지. 대현으로서는 눈알 뒤집힐 노릇이었지. 방금 전 맛나게 먹어치운 왕뚜껑 국물에, 그 싸가지 없는 것들의 침 냄새가 녹아들어 있었던 것 같더라는 생각이 들었지.

이윽고 점심시간, 급식도 못 챙기고 지혜관 교보재창고로 부랴부랴 끌려온 반역자 두 명. 처음에는 무슨 일일까 조마조마하다가, 심상치 않은 분위기 속에 사태를 깨닫고는 눈앞이 캄캄해지고 말았지. 하지만 때는 늦은 뒤였지. 어떤 변명도 통하지 않는 상황이었지. 대현으로부터 싸대기를 세 대쯤 얻어맞던 a가, 본격적인 구타는 시작도 안 했건만, 공포심에 질린 나머지 폭포수 같은 오바이트를 꾸웩 내뿜고 말았다지.

아아, 공대현. 개새끼구나. 무시무시한 개새끼로구나. 그런 새끼와 말도 안 되는 일로 엮이고 말았구나. 이 악연을 어서 빨리 끊어내야겠구나.

"생각 좀 해봐. 무슨 방법이 있을까."

"방법이라니."

"어떻게 하면 남미경과 공대현이 자연스럽게 만나도록 할 수 있을까. 어떻게 하면 공대현이 더 이상 남미경 때문에 나를 괴롭히지 않도록 할 수 있을까. 어떻게 하면 남미경이 나를 천하에 한심한 놈으로 생각 안 하도록 할 수 있을까."

"글쎄다, 내 생각에는."

정필이 진지했어.

"그런 방법은 세상에 없을 것 같다."

"아우 좆삐리 새끼."

"아우 따까리 새끼."

그렇지. 이런 놈한테 조언을 기대한 내가 미친놈이지.

"남미경, 다시 만나긴 할 거냐?"

"만나야지. 일단 만나야 어떻게든 되겠지."

"언제."

"다음 주쯤 볼까 하고."

"만나겠대?"

"모르겠네. 뭐, 전화번호는 받았으니까."

정필이 히히 웃었어.

"너 그러다……."

"그러다가 뭐."

"으히히."

"?"

"그러다가, 잘하면 남미경하고 사귀겠다?"

"미친 새끼."

"만나면 정 붙고 정 붙으면 몸 붙고. 회자정리. 뭐 그런 거."

"회자정리는 그런 뜻이 아니라네 장래 목표 서울대생아."

"어쨌거나."

"됐다고. 내가 이 판국에 연애하게 생겼냐? 머리 복잡해 죽겠고만."

"사랑이 오는 걸 사람이 어떻게 막나."

"게다가 나, 남미경 같은 스타일 별로거든."

"얼씨구."

"정말이야. 부담스러워."

"공대현 때문에? 공대현이 무서워서?"

"그게 아니라."

"하여튼 한 번 따까리는 영원한 따까리."

"이런 개좆삐리 새끼가!"

다음 주 토요일. 오후 4시. 양재동 롯데리아 2층.

남미경을 다시 만났어.

공대현의 '부탁'을 해결하기 위해 딱 일주일만 시간을 버리기로 했지만, 세상에 내 마음대로 되는 일이란 흔치 않는 법이라, 벌써 2주 가까이 골치를 썩이는 중이었어. 제발 오늘이 마지막이 되길. 제발 그래주길.

"안녕."

"어, 안녕."

4시 약속이었고 4시 2분에 약속장소에 도착했는데, 남미경은 이미 와 있었어. 길 건너 양재역 5번 출구가 바라다보이는 창가 자리.

"일찍 왔네."

"응, 방금 전에."

"미술학원 다녀오는 길이구나."

"어떻게 알았어?"

"물감 냄새가 나잖아."

"웃기네."

남미경이 웃었어. 웃지 마라 정 든다. 미안하지만 넌 내 스타일 아니라고.

09. 빨대가 부러워

"뭐 좀 먹을래?"

"그러자."

"내가 사올게."

"여기, 돈."

"됐어 내가 살게."

음식 주문하는 곳에 가서 줄을 서고, 내 차례가 되어 불고기버거 세트를 두 개를 선택하고, 공대현과의 악연을 끝내기 위한 거금 3천 6백 원을 아낌없이 지출했어. 그러고는 문득 고개 돌려 내가 선 세계를 둘러보았어. 주말 오후의 패스트푸드점. 매장 안에 시종 맛있는 냄새가 솔솔 풍기는 중이었어. 10월 햇살이 창가를 보얗게 밝히고, 오가는 사람들의 얼굴이 청소년 드라마 속 등장인물들처럼 밝고 화창했어. 경쾌한 가요가 실내 한가득 떠돌고, 저편에 앉은 남미경이 그에 맞춰 고개를 까닥이는 중이었어.

그녀는

너무 예뻤어

하늘에서 온

천사였어

그녀를

난 사랑했어

우리들은

행복했어.

누구건 기분 좋아지지 않을 수 없을 세계 속에서 나만 홀로
먹구름이었어. 맛있는 음식 냄새가 코끝을 자극하면 자극할
수록, 10월 햇살이 창가에 보얘지면 보얘질수록, 오가는 사람
들의 얼굴이 밝고 화창하면 화창할수록, 점점 더 알 수 없이
나 혼자만 울적해졌어.

그런 그녀

날 떠났고

나는 혼자

남겨졌고

그녈 잊어

보겠다고

애썼지마아아안…….

감자튀김 수북하게 쌓인 플라스틱 쟁반을 들고 자리로 돌아

왔어. 박진영의 이 노래. 중학교 때 정말 많이 들었는데. 장기자랑만 하면 이 노래에 춤을 못 춰서 안달인 애들이 많았는데. 멋모르고 살았지만 그때가 행복했지. 어정쩡하고 애매한 중학생 시절 그래도 공대현 따위는 까맣게 모르던 시절.

"먹자."

"잘 먹을게. 아, 배고파."

부지런히 포장지를 벗기고 햄버거를 한 입 가득 와그작. 그 모습마저 예쁘구나 빌어먹을.

"실은 (우물우물) 점심도 못 먹었거든."

"왜…… 늦잠 잤구나?"

"그런 셈이지."

"내 거 더 먹어."

"한 개면 충분해."

"그런데 아를이 무슨 뜻이야? 화가 이름?"

"응?"

햄버거를 열심히 씹던 남미경이 그 움직임을 스르르 멈추었어. 순간 가슴이 철렁, 얼결에 말실수를 했군. 은마상가 3층의 미술학원이랬을 뿐, 그곳이 '입시명문 아를미술학원'이라고 밝힌 적은 없었으니까. 부랴부랴 해명을 갖다 붙였어.

"거기, 내가 알아봤어, 궁금해서. 너 다니는 학원이 어딘가 하고."

남미경이 다시 입안에 든 것을 우물우물.

"지명이야. 남프랑스 교외에 있는."

"응?"

"아를."

"사람 이름이 아니었구나."

"삶에 지친 고흐가 36살에 우연히 찾아갔다가, 그 풍경에 반해서 정착한 곳이야. 2년 뒤에 권총 자살을 할 때까지, 그 마을에서 신들린 사람처럼 작업에 몰두하며 많은 걸작을 그렸대. 〈해바라기〉, 〈아를의 침실〉, 〈별이 빛나는 밤〉, 〈밤의 카페〉……."

"〈해바라기〉. 나도 알아."

"아를이라는 지명을 접하면, 가본 적은 없지만, 막연하게 연상되는 풍경들이 있어."

남미경의 왼쪽 뺨에 깊은 보조개가 패었어.

"남프랑스 시골길에 작렬하는 햇볕. 어둔 밤하늘을 화려하게 수놓은 별빛. 영화처럼 멋진 카페들. 동료 화가 고갱이 머물던 하숙방. 마을 뒤편에 시커멓게 도사리고 있는 삼나무숲……. 고흐로 하여금 생애 마지막 예술혼을 불태우도록 이끈 풍경들."

"멋지네."

"대학 들어가면 제일 먼저 찾아갈 해외여행지 1순위."

"오오."

불고기버거 하나를 덥석 먹어치우더니 감자튀김 두 개를 집어 입안에 쏙. 잘 먹는구나. 냅킨에 손을 문질러 닦은 남미경이 가방에서 반 접은 종이 한 장을 내밀었어.

"뭐야?"

우물우물 꿀걱.

"니가 말한 거. 동창회에 참석할 만한 친구들 정리해봤어. 여자애들."

"아."

도트젯 프린터로 뽑은 명단이었어. 가나다순으로 나열된 이름과 주소와 연락 가능한 번호가 모두 열두 개. 이름 끝에 동그라미가 붙은 것도 있고 삼각형이 붙은 것도 있고.

"동그라미 친 건 확실히 온다고 한 애들이야. 삼각형은 상황 봐서 오든지 하겠다고 대답한 애들. 연락 안 되거나 안 올 것 같은 애들은 아예 뺐고."

"동그라미가…… 다섯 개네."

"나까지 여섯 명은 참석이 거의 확실한 거지. 나머지 회색인들 가운데 네 명만 오케이하면, 대충 열 명 채워지는 거잖아."

"회색인이라."

그랬지. 내가 그랬지. 전화 걸어놓고는 '할 말 있으니 잠깐 만나자.'고 하기가 뭐해서, 다시 그놈의 동창회를 둘러댔지. 남자애들은 내가 책임질 테니 너는 여자애들에게 연락 좀 해줄 수 없겠냐고 거의 우겨대듯 했지. 여학생 남학생 열 명씩만 모이면 너무 복잡하지도 썰렁하지도 않고 괜찮을 것 같다고 마음에도 없는 소리를 나불댔지.

"고생했겠다. 전화 돌리느라."

"말도 마. 사흘 동안 매달렸어. 내가 이런 거 한번 시작하면, 적당히 못 끝내는 성격이라서."

"수고 많았어. 니가 동창회장 해."

"됐네."

미안하더군. 마음에도 없는 일로 쓸데없는 고생을 시켰군. 그래도 착실하게 주어진 일을 끝마쳤군. 생각해보니 또 열 받는군. 공대현 그 새끼 때문에 도대체 몇 사람이 생고생을 하는지.

"그리고 모임 장소, 아직 안 정했지?"

"어? 어. 그건 차차……."

"수림이라고 거기 명단에 있는 앤데, 걔네 엄마가 학교 근처에서 돈가스 집을 하시거든."

"학교? 어느 학교?"

"역삼초등학교."

"아."

"동창회 얘기를 드렸더니, 가게에서 해도 좋다고 하시더래. 하루쯤 문 닫아도 괜찮다고."

"아아."

"학교에서도 가깝고, 다른 장소보다 의미도 있을 것 같고. 내 생각은 그런데, 어쨌거나 네가 수림이랑 통화해보고 판단해."

"좋다. 20명 넘게 앉을 자리는 있으려나?"

"그렇다는 거 같던데."

이쯤 되었으니 적당히 끝낼 수 없겠군. 좋으나 싫으나 계속 추진해야겠군. 제1회 역삼초등학교 18기 동창모임. 제기랄 신난다 꿈에 그리던 그 시절 동무들을 다시 만나게 생겼구나! 빌어먹을.

"이제부터 내가 알아서 할게. 날짜랑 장소랑 확정하고, 애들에게 확인전화 다 돌리고, 동문 수첩 같은 것도 비싸지 않게 제작할 수 있나 알아보고. 플래카드도 하나 걸까."

"플래카드까지?"

노란 줄무늬 빨대를 입에 문 남미경이 쪼로록, 콜라를 빨아 마셨어. 앉은자리가 조금씩 불편해지고 있었어. 이상한 소리 같았지만 저 빨대가 부러웠어. 눈물 나게 부러웠어. 왜냐하면 이 자리의, 이 자리를 위한 가짜 목적이 이쯤에서 대충 끝나가 는 중이었으니까. 따라서 이제부터 이 자리의, 이 자리를 위한 진짜 목적을 수면 위로 드러내야 했으니까. 그런데 예의 '진짜 목적'이라는 게 참으로 한심하고 볼품없고 면목 없는 종류의 것이었으니까. 저 노란 줄무늬 빨대는 이런 걱정 따위 할 일이 없을 테니까.

이젠

내 사랑이 되어줘

내 모든 걸

너에게 기대고 싶어

언제나

날 지켜줄 너~라고

변치 않는

영원한 사랑을

약속해줘…….

박진영이 떠나간 실내에 핑클의 〈영원한 사랑〉이 한창 발랄 하게 울려 퍼지는 중이었어. 옆 테이블의 우리 또래 학생들이 재잘재잘 쉴 새 없이 웃고 떠드는 중이었어. 내 생각이지만 그 시간 롯데리아 2층을 오가는 사람들 중에서 남미경보다 예쁜 여자는 없는 것 같았어. 내 느낌이지만 그 시간 롯데리아 2층을 오가는 이들 중에서 남미경과 내가 마주 앉은 자리를 힐끔거리지 않는 사람들은 없을 것 같았어.

"저기, 그런데 너 있잖아."

"응?"

"저어……"

힘겨운 말을 힘겹게 꺼내야 할, 그로 인해 좋던 분위기가 사뭇 어색하게 뒤집어질 게 뻔한, 허리가 뒤틀리도록 곤혹스러운 순간. 느닷없이 벨소리가 들려왔어.

"미안. 나 전화 좀."

남미경이 가방에서 작고 귀여운 물건을 꺼내더니 반으로 갈랐어. 아니 폴더를 열었어. 루비색 화사한 PCS폰. 저게 요새 한참 광고하는 현대 걸리버구나. '휴대폰 PCS의 거인. 걸면 걸리는 걸리버!' 전화번호가 최대 120개까지 저장된다지.

"여보세요. 아, 엄마?"

몸을 반쯤 튼 남미경이 핸드폰을 뺨에 대고 소곤소곤 통화하는 모습을 지켜보았어. 사뭇 뒤틀리던 척추 사이에 얇은 막이 끼는 기분이었어.

"아뇨 친구랑 잠깐. 양재동이에요. ……늦지는 않을 거야. 아, 작은 이모? 정말? 어머나 할머니도? 응 알았어요. ……아니, 아니에요. 응. 그럼 끊어."

통화 끝나고 딱! 소리 나게 반으로 접힌 걸리버가 가방 속으로 쏙.

"바쁘구나."

"아니 그런 건 아니고."

남미경이 고개를 갸웃.

"미안한데, 나, 그만 가봐야 할 것 같아."

"아, 그래."

"할 이야기는 대충 끝난 거지?"

"그런 셈이지. 이제 내가 결정할 거 결정해서 마무리하고, 애들에게 공지하고, 제일 먼저 너한테 연락 줄게."

"그래. 수고해."

"너야말로 수고했다."

"그래도 나름 괜찮았어. 간만에 애들이랑 통화하면서 옛날 생각도 나고. 동창회, 재미있을 거 같아."

"그렇다면 다행."

"그럼 나는 이만…… 참, 아까 무슨 말 하려던 거였어?"

"아."

항상

나의 곁에 있어줘

꼭 내게만

내 꿈을 맡기고 싶어

들어봐

언제까지 내 맘~에……

"다른 게 아니라, 저어."

"……."

"너 있잖아. 음, 소, 소개팅 한번 안 할래?"

"뭐?"

장작개비처럼 사뭇 뒤틀리는 허리. 척추 사이에 끼어 성가시게 간질거리는 얇은 막. 이 판국에 빌어먹을 소개팅이라니. 남미경이 나를 정신 나간 머저리 또는 낯 두꺼운 등신 정도로 생각하지 않을 확률이 얼마나 될까.

"우리 학교에 괜찮은 애가 한 명 있는데. 말하자면 친구야. 그런 셈이지. 그냥 갑자기, 너랑 잘 어울릴 것 같아서. 갑자기 그런 생각이 들어서."

남미경이 웃었어. 아마도 비웃었겠지. 두 뺨에 다시 깊은 보조개가 패고, 눈 밑 애교살에 살짝 주름이 잡히고, 반짝반짝 하얀 앞니가 드러나고. 그런데 예전의 웃음과는 어딘지 달랐어. 어딘지 어색했어. 어딘지 불편해 보였어. 당연하겠지. 어이가 없겠지. 한심하구나 차연. 네 꼴이 우습구나.

"누군데."

이어지는 남미경의, 아아아, 예상 못한 한 마디.

"같은 반 친구?"

"같, 같은 반은 아니고."

"잘생겼어? 어떤 앤데? 자세히 소개를 해줘야지."

10. 너무 시원해서 눈물이 날 것 같았지

일요일 오후 2시. 아침부터 잔뜩 흐리다가 마침내 가을비가 시작되던 날, 신촌 그레이스예식장을 찾았어. 신부가 누군지 신랑은 또 누군지 세상에 그런 사람이 있었는지조차 알지 못했 사람들의 결혼식이 있었어. 그래, 세상 모든 날은 언제나 특별한 날. 어떤 날은 누군가가 태어난 날이고, 어떤 날은 누군가 난생처음 세상을 뜨는 날이고, 어떤 날은 또 누군가의 스물두 번째 생일이며, 다른 누군가는 간절히 바라던 꿈을 이루거나 반대로 무참한 실패를 맛보게 되는 날.

이건 결혼식 아니라 결혼공장에 가깝더군. 요컨대 2시 예식을 앞둔 홀 주변과 복도에, 해당 하객들은 물론 앞선 1시와 곧 시작될 3시 결혼식의 하객들까지 마구 엉키며 발 딛을 곳을 찾기 힘들더군. 아니 꼭 이런 식으로 결혼이란 걸 아니 결혼식이란 걸 해야 하나? 이게 말이 되냐고, 일주일에 단 한 번뿐인 휴일 오후를 세상에 그런 사람이 있었는지조차 알지 못했던 사람들을 위해 이런 식으로 허비해야 한다는 것. 그 와중에 옆에서는 엄마의 잔소리가 시종 나직하게 그러나 빠르고 날카롭게 고막을 파고드는 중.

"인사 좀 크게 똑바로 하라고 했지. 돈 드는 거 아니라고. 어른이 먼저 안부를 묻는데 우물쭈물 비실비실 그게 뭐야 창피하게. 죄지었어?"

"……모르는 사람이잖아."

"모르는 사람 좋아하네. 그럼 여기에 너 아는 사람이 어디 있어. 아빠 고등학교 때 친구라고 했잖아. 인사하라면 똑 부러지게 인사하면 그만이지, 그게 그렇게 어려워?"

"나둬요 엄마. 한참 사춘기잖아. 질풍노도의 시기."

엄마 곁에 선 형이 재수 없게 히죽거렸어. 질풍노도 좋아하네 재수생 주제에.

"아이고 정신없다. 이제 가자. 피로연장이 2층이랬나?"

"어디 가요?"

"어디긴 밥 먹으러 가야지."

"식 안 보고?"

"앉을 자리도 없을걸. 축의금 냈으니 이쯤에서 빠져주는 것도 도와주는 거야. 배들 안 고파?"

거센 하객들의 물결을 용감히 비집고 가로지르며 앞장서던 엄마의 찌푸린 얼굴이 일순 환해졌어. 얼굴뿐 아니라 목소리까지도 놀랍도록 돌변했어.

"어머나 남 선생님 안녕하세요!"

그러자 역시 하객들의 물결을 가로지르며 경황없이 우리 곁을 지나가던, 감색 양복을 입은 키 큰 아저씨가 엄마를 향해

꾸부정 목례를 해보였어.

"제수씨 오랜만입니다."

"잘 지내셨지요."

"저야 뭐 늘 그렇습니다. 관식이는요?"

아버지 이름이 불쑥 튀어나오는 걸 보니 이 아저씨도 고등학교 친구겠군. 곧 똑 부러지게 인사해야 할 시간이 다가오겠군. 돈 드는 거 아니니까 창피하게 우물쭈물 비실비실 하지 말자. 나중에 어른이 되면 고등학교 동창과 관계된 결혼식에는 절대 가지 말아야지. 가더라도 고등학교 다니는 자식은 절대 데리고 다니지 말아야지.

"진연 아빠, 외국 나가 있어요. 그래서."

"그 친구 팔자가 제일 부럽다니까, 하하."

"너희들 인사해. 아버지 친구 분이셔. 수원에서 역사 선생님 하시는 아저씨 알지?"

"안녕하세요."

"어, 그래."

형과 내가 성의껏 고개 숙였지만 역사 선생은 우리 인사가 얼마나 똑 부러졌는지 별 관심 없는 눈치였어. 하긴 상황이 장난 아니긴 했어. 잠시 후 신랑 아무개 군과 신부 아무개 양의 예식이 진행될 예정이오니 하객 여러분들은, 하는 안내 방송이 꼭 동네 마트에서 '이 시간부터 딸기 두 판을 특별히……' 확성기 소리처럼 쏟아지고. 거기 맞춰 왁자지껄 거대한 하객들의 물결이 좌로 우로 어깨를 툭툭 치며 지나가고.

"제수씨 그럼 또 뵙겠습니다. 관식이에게 안부 좀 전해주세요."

"예, 살펴가세요."

2층 피로연장 역시 정신없기는 마찬가지였어. 빈 4인용 테이블 하나를 어렵게 확보한 다음, 커다란 플라스틱 접시를 손에 들고 길게 줄을 서서 뷔페 음식 테이블 사이를 민첩하게 탐색하고, 두 번은 못 움직일 것 같기에 이것저것 한데 어울리지 않을 음식들을 한가득 퍼담아 자리로 돌아왔어. 엄마가 놀라는 얼굴이었어.

"다 먹을 수 있어?"

"당연하지."

이 정도는 먹어줘야지. 환타도 두 병 마실 거야. 벌써 두 시 반인데 아직 점심도 못 먹었으니. 그래야 '아빠도 없고 축의금을 이십만 원이나 내는데 니들이라도 같이 가서 밥을 먹어야 덜 아깝다'는 엄마의 의지를 충족할 수 있을 테니.

"어머니, 소자 한 잔 하겠습니다."

테이블에 놓인 소주병 뚜껑을 돌려 따며 형이 이기죽거렸고, 엄마가 초밥 하나를 입에 넣으며 우물우물 못 박았어.

"그거 한 병만 마셔."

다 꼴 보기 싫어. 엄마도 꼴 보기 싫고 형도 꼴 보기 싫어. 강원도 어느 대학교를 2개월인가 다니다가 재수하겠다며 느닷없이 변덕을 부린 형. 장차 원하는 대학에 붙어도 '강원도 어느 대학교'에 바친 입학금과 한 학기 등록금은 하늘로 날려야 하는 얄궂은 운명. 그나저나 저렇게 놀고먹기 좋아해서 재수하는 의의가 있을까 몰라. 질풍노도의 재수생 같으니. 엄마는 멋도 모르고 형 편만 들고.

"차연아."

"응."

"엄마 좀 봐."

"아 왜."

"엄마 얼굴 좀 보라고."

"……."

"너 요새, 뭐 걱정거리 있니?"

우걱우걱 씹어 넘기던 김밥이랑 탕수육이랑 육회가 목구멍에 콱 걸리는 기분.

"뭐 물어보면 대답도 잘 안 하고. 어제도 저녁 내내 시무룩해서는."

갑자기 뭐야. 왜 갑자기 생각해주는 척이야. 나 이런 거 익숙지 않단 말이에요. 닭살 돋는다고.

"말해봐. 무슨 안 좋은 일 있어? 엄마한테 화났어?"

"……."

"할 이야기 있으면 언제든지 해. 어떤 이야기든 좋아. 엄마는 언제나 들을 준비가 됐으니까."

입안 가득하던 것을 억지로 꿀꺽, 삼켰어. 큼직한 덩어리가 힘겹게 식도를 넘어가며 눈물이 찔끔 나올 것 같았어.

"엄마가 늘 하는 말 있지? 우리는 가족이라는 거. 가족이란 게 서로에게 어떤 사람이어야 한다는 거."

아무렴, 가족이지, 패밀리. 옆자리에서 자기 잔에 술을 따르며 형이 재차 이기죽거렸어. 몇 잔 마시고 벌써 취했냐?

"무슨 말인지 알아?"

"……할 말 없어요."

할 말 없었어. 당연히 할 말 없었어. 아니, 실은 조금 헷갈렸어. 할 말이 없는 건지 할 말은 있는데 할 수 없거나 하기 싫은 건지. 공대현. 구름동산. 디스. 드보르작. 은마아파트. 참맛분식. 아를미술학원. 왕뚜껑. 가래침. 롯데리아. 박진영. 불고기버거. 제1회 역삼초등학교 18기 동창모임. 노란 줄무늬 빨대. 핑클. 영원한 사랑. 이젠 내 사랑이 되어줘. 조금도 유쾌하지 않은 지난 며칠의 사연들이 다시금 머릿속에서 부글부글 사람을 성가시게 만드는 중이었어.

월요일 아침부터 학교는 바쁘게 돌아갔어.

애국조회 끝나자마자 불시에 시작된 소지품 검사. 1학년부터 3학년까지 전교생의 3분의 1이 걸리고 말았어. 가장 많이 걸린 물건이 담배와 라이터였고 2등이 삐삐, 3등이 만화책 등의 순서였어. 나도 재수 없게 걸리고 말았어. 8백 명 넘는 인간들이 운동장에 빼곡하게 모여서 토끼뜀을 뛰었어.

기본이 4백 미터 트랙 두 바퀴였어. 뿌얀 먼지구름 속에 두두두두 지축을 뒤흔드는 발소리가 시종 비닐하우스 위의 우박처럼 쏟아졌어. 숨 가쁜 신음소리가 가득한 운동장은 한마디로 지옥이었어. 허벅지가 쑤시고 아프다 못해 뻥하고 터져나갈 것만 같았어. 소지품은 물론 영혼까지 탈탈 털린 뒤 각자의 교실로 휘청휘청 돌아가는 애들 꼬락서니가 좀비들의 행진 같았어.

"너도 걸렸냐?"

"어, 미치겠다. 다리에 감각이 없네."

"뭐 걸렸는데?"

"플스CD."

"정품?"

"당연히 빽씨디지 내가 돈이 어디 있냐. 너는?"

"담배."

"2학년 중에 생리대 가지고 있다 걸린 선배 있다더라."

"미쳤네. 생리대는 왜?"

"모르지. 엄마 심부름인가."

"학교에 생리대 가져가라는 심부름?"

"나도 모른다고."

"1교시 시작했나 보다."

"아, 씨 담임 수업인데. 또 잔소리 엄청 듣겠네."

2교시 시작하면서 분노한 영어 선생에게 '빠가 새끼들'이라는 욕을 다섯 번도 넘게 들어야 했지. 중간고사 채점 결과 우리 반 영어 평균 성적이 1학년 스무 반 중에서 단연 꼴찌였다지. 19등과의 차이가 무려 4.8점이나 된다지. 담당 영어 교사로서는 자존심 상하는 일이거나 그게 아니라면 교감에게 한소리 듣고 열 받은 모양이겠지.

"영어랑 원수졌냐? 하여튼 너희 같은 빠가 새끼들은 절대 편하게 공부하면 안 돼."

그러고는 숙제를 한가득 내주었지. 그게 숙제인지 가혹행위인지 모를 수준이라 아이들 안색이 재차 하얘졌지. 교과서 30

쪽 분량의 영어 지문을 다음 시간까지 10번 반복해서 써오라는 것이었지. 그런가 하면 3교시 끝나고 쉬는 시간에 4반 애들 둘이 싸움이 붙었지.

아침 소지품 검사 때 압수당한 물건과 그 책임 소재를 놓고 실랑이가 벌어진 거지. 간만의 싸움 구경에 흥분한 아이들이 복도에 파리 떼처럼 몰려들었지. 한 놈이 던진 의자에 다른 놈의 눈가가 찢어지고, 보건실 가는 길에 다시 구경꾼들이 까맣게 뒤를 따랐지.

스펙터클한 월요일의 사건 사고 가운데 가장 아찔한 장면은 따로 있었지. 5교시 직후의 일이었지. 어느 선생 표현처럼 '꼴통 새끼들 많기로 유명한' 9반에 누군가 용감하게 쳐들어갔던 것이지. 뒷문이 벌컥 열리고 모습을 드러낸 누군가, 성큼성큼 실내를 가로질렀지.

창가 맨 뒷자리, 책상에 엎드려 곤히 잠든 이의 어깨를 거침없이 흔들어 깨웠지. 이소룡처럼. 〈정무문〉에서 용맹한 도장 깨기를 선보이던 이소룡 형님처럼. 지켜보던 아이들이 질겁하고 말았지. 곤히 잠들어 있던 이는 바로 1학년 짱 공대현이었지. 잠자는 공대현의 코털을 감히 건드리다니 정신이 어떻게 된 놈인가 싶었을 테지.

으어어어.

부스스 잠깨 일어난 공대현이 게을러 터진 곰처럼 눈가를 비볐지. 그러고는 잠 깨운 누군가를 향해 말했지.

"어, 왔냐?"

누군가는, 바로 나였지. 하지만 나는 평화주의자였으므로 게다가 내 목적은 전쟁이 아니었으므로 "와다아!" 특유의 이소룡 기합을 외치며 허공에 발차기를 하지는 않았지. 9반 아이들의 발목을 쌍절곤으로 작신 부러뜨리거나 현판 종이를 찢어 공대현의 입에 쑤셔넣지도 않았지. 대신에 이소룡 못지않게 용맹한 눈빛으로 말했지.

"남미경 만났어요. 이번 주말에 시간 괜찮대요."

"오, 정말?"

잠기운 싹 달아난 공대현이 12살 소녀처럼 박수를 짝짝짝 쳤지.

"으와 짱! 으와아! 뭐라고 했는데? 그랬더니 뭐랬는데?"

"그냥…… 우리 학교에 괜찮은 친구가 한 명 있다고. 한번 만나볼 생각 없냐고. 그게 다예요."

"1년 꿇었다는 얘기 했어? 안 했지?"

10시 10분을 향해 가늘게 찢어진 눈이 갈매기 날개처럼 둥글게 구부러지며 연신 싱글벙글. 한 대 쥐어박고 싶었지. 하지만 꾹 참았지.

"으아, 너 다시 봤다. 실천할 줄 아는 학우! 책임감 있는 모습! 마음에 들어!"

급기야 나를 껴안고 어깨를 툭툭.

"고맙다. 넌 이제 학교생활 쫙 편 거야. 앞으로 부탁 같은 거 있으면 나한테 다 말해. 알았지?"

9반 꼴통 새끼들이 얼이 빠져서 그 장면을 지켜보는 중이었지. 그 상황과 공대현이 장담한 '이제 학교생활 쫙 편 거' 사이에 어떤 연관성이 있을지 모르겠으되, 어쨌거나 한 가지만은 분명했지. 지지난주 월요일, 구름동산 이후로 2주 내내 몸과 마음을 괴롭혔던 굴레로부터 마침내 벗어나게 되었다는 사실. 속이 다 시원했지. 너무 시원해서 눈물이 날 것 같았지.

11. 이 길은 어디로 향하는 것일까

7교시 마치고 청소까지 끝마치자 4시 50분.

집으로 가는 길이 유난히 멀게만 느껴졌어. 두 다리가 모래 자루처럼 무거웠어. 아침부터 폴짝폴짝 운동장을 휩쓸던 토끼 뜀 때문이었어.

버스정류장 주변에 애들이 한가득이었어. 저 좀비들 속에서 북적북적 194번 버스를 타야 한다니 한숨이 나왔어. 괜히 한 숨만 나왔어. 가을날. 쓸데없이 가을 깊은 날.

"가냐."

정필이 쫓아왔어.

"가야지."

"배 안 고프냐."

"고프지."

"라면 먹자."

"사줄 거?"

"끓여줄게."

"니네 집 가자고?"

"우리 엄마 아빠 호주 여행 갔거든. 일주일 동안 완전 자유. 아싸."

"좋기도 하겠다."

"당근 빠따."

바람 불고, 그때마다 노랗게 바랜 잎들이 툭툭 떨어지고, 발바닥에 끈적끈적 밟히는 은행 냄새 고약하기 이를 데 없고.

"집에 가자고. 술 줄게."

"술?"

"우리 집 안 와봤나? 과일주 담가놓은 거 엄청 많아. 유리 항아리가 30개도 넘어. 좀 덜어내 봐야 티도 안 나."

"마셔봤어?"

"어떤 건 독하고 어떤 건 달착지근하고. 공부 스트레스 받을 때 한두 잔 하면 좋아. 잠도 잘 오고."

"공부 스트레스 같은 소리하네."

기다리던 194번이 멈춰 서고, 똑같은 뒷모습을 한 애들이 2천 명쯤 우르르 몰려들었어. 거기 낄 엄두가 도통 나지 않았어.

"가자. 라면에 계란 넣어줄게."

"나중에."

"어라?"

"집에 갈 거야. 할 일 있어."

"존나 쫀쫀하게 구네. 할 일이 뭔데?"

"좆삐리들은 몰라도 된다."

"야동? 딸딸이?"

"나 간다."

"버스 안 타? 걸어가? 집에 가는 거 맞아? 어이 한따!"

일생일대의 번뇌가 찾아온 것은 다음 날 이른 아침이었어.

한겨울 벌판을 할퀴는 북새풍 같은 걱정의 혼란. 상상조차 못했던 마음의 풍랑. 생애 최악의 장면 가운데 하나로 기록될 시련의 몸통.

하지만 그 시작은 달달했어. 꿈같았어. 아니, 꿈이었어. 눈물 나도록 아름다운 꿈이었어. 슬프도록 아름다운 꿈이었어.

'램수면'이라는 단어 알지? 사람이 하룻밤에 8시간을 잘 경우, 램(REM)수면과 논램(Non-Rem)수면이 중간중간 서너 번 이상 반복된대. 논램수면은 꿈도 없이 깊은 잠에 빠진, 주변이 시끄럽거나 누가 깨워도 잘 일어나지 못하는 상태래. 그러다가 램수면 상태로 바뀌면, 일상생활을 할 때처럼 뇌파가 알파파로 바뀌고 눈을 감은 상태에서 눈알도 빠르게 움직이며(바로 이것이 Rapid Eye Movement!) 잠꼬대도 하고 잠결에 몸도 뒤척이고 하는 거래.

사람이 꿈을 꾸는 것이 바로 이때래. 하루 8시간 이상 푹 잘 경우 램수면 상태가 밤새 서너 번가량 찾아오니까, 하룻밤에 적어도 서너 가지 이상의 꿈을 꾸는 셈이래. 더불어 우리가 기억하는 꿈은 잠에서 깨기 직전에 꾼 꿈이래. 밤새 다섯 차례 램수면기를 거치며 다섯 가지 꿈을 꾸었다 해도, 앞의 네 차례 꿈은 전혀 기억을 못하기 마련이래.

하지만 그날은 달랐어.

장담컨대 그날 밤은 과학자들이 주장하는 수면 메커니즘과 전혀 다른 방식으로 잠을 잤고 꿈을 꾸었어. 요컨대 램수면 상태일 때는 물론 논램수면 상태일 때도 생생하게 꿈을 꾸었어. 다시 말해 밤새도록 쉬지 않고 꿈을 꾸고 또 꾸었어. 네다섯 가지 아니라 딱 한 종류의 꿈속을 내내 헤매었어. 그러려고 노력해서가 아니라, 어쩌다 보니 그렇게 되었어.

멋진 길이었어.

파란 하늘이 있고 흰 구름이 있고 들판이 있는 길이었어. 나무가 있고 풀이 있고 고운 흙 땅이 끝없이 뻗은 길이었어. 바람이 살랑살랑 불었지만 춥지도 않고 눅눅하지도 않았어. 어디선가 귀에 익은 노랫소리가 들릴 듯 말 듯 이어지는 중이었어. 그 길을 내내 걸었어. 걷고 또 걸었어. 느긋하게. 여유롭게. 자유롭게.

지금 왜 이 길을 걷고 있는 것일까.

꿈이었지만 기분이 썩 좋았으므로, 그런 의문은 생기지 않았어.

이 길은 어디로 향하는 것일까.

꿈이었지만 너무나 멋진 길이었으므로, 그런 궁금증은 들겨를도 없었어.

언제까지 이 길을 걸어야 하는 것일까.

꿈이었지만 원래 질리도록 태평한 성격이었으므로, 그런 조바심은 껴들지 않았어.

초등학교 4학년 때 엄마 아빠 형과 함께 갔던, 걷는 게 아니라 차를 타고 지나갔던 초여름의 담양 메타세콰이어길 같기도 했어. 중학교 3학년 봄 수련회 때 반 친구들과 우르르 몰려 다니던 경주 수목원 산책길 같기도 했어. 지지난주 학교 사생 대회 날, 아침부터 바삐 끌려 다니던 선정릉 숲길 같기도 했어. 여태 내가 경험했던 세상 모든 길의 기분 좋고 아름답고 낭만 적인 구석들을 모두 합쳐놓은 길이었어. 그래서 길을 걷는 내 내 지루하거나 따분할 틈이 없었어. 꿈이니 발도 다리도 아프 지 않았어. 이 길이 어느 순간엔가 느닷없이 끝나지 않을까, 오 히려 그게 걱정스러울 따름이었어.

그 길을, 내내 사람들과 함께 걸었어.

아무렴 그렇게 멋진 길을 온 세상에서 단 한 명 나 혼자서 걷는다면 너무도 아깝고 안타까운 노릇이겠지. '사람들'인지 '사람'인지는 잘 모르겠어. 어떤 얼굴(들)이었는지 역시 기억이 분명치 않아. 때로는 둘이서. 때로는 여럿이서. 때로는 손에 손 을 나란히 잡고서. 때로는 끊임없이 재잘거리며 웃음을 터뜨리 며. 어디로 향하는지 모를 그 길을 밤새도록 걷고 또 걸었어.

문득 잠 깨니 5시 12분. 놀라운 일이었어. 5시라니. 엄마가 깨워주지 않았음에도 그 시간에 절로 눈이 떠지다니.

허전했어.

꿈에서 깨고 나니 꿈에서 깼다는 사실 하나만으로 못 견디 도록 울적했어. 그 멋진 길 그 아름다운 풍경은 다 어디로 사 라졌나. 그 길을 함께 걷던 사람들은 나만 남겨 놓고 다 어디 로 떠나갔나. 그리하여 남겨진 현실이란 어째서 이토록 초라한 가. 어스름 방 안은 책상 위며 방바닥이며 왜 이렇게 좁고 지 저분한가. 눅눅한 베개에서는 침 냄새인지 머리 냄새인지 뭐가 이렇게 고약한가.

그 꿈이 문제였을지 몰라.
아마 그랬을지도 몰라.

그날 2교시 물리시간을 앞둔 즈음부터였어. 학교에 예기치
않은 사건이 발생했어. 예의 사건이 소문의 형태로 빠르게 전
염되었어. 소문들. 입에서 입으로, 책상에서 책상으로, 복도에
서 복도로, 교실에서 교실로 삽시간에 흩뿌려지는 이야기들.
소문의 속도가 소리의 속도보다 빠른 것은 그것이 사실과 가
까웠기 때문이 아니야. 사실과 거리가 멀기 때문도 아니지. 예
의 소문을 접한 아이들이 막연한 불안감에 한숨 쉬었고 은밀
한 기대감에 눈을 반짝였어. 이게 무슨 상황인지 이해 못하고
고개만 갸웃대는 아이들도 있었어. 교실이, 복도가, 운동장이,
온 학교가 그로 인해 묘하게 경직되어가는 중이었어.

뭔 일 있구나.[1] 뭔 일이 있긴 있구나. 수업 종 울리고도 12분
넘도록 물리가 나타나지 않는 게 그 증거겠구나.

"시커먼 차가 운동장을 가로질러 본관 현관 앞까지 들이닥
쳤다던데."

"교장실 문을 박차고 들어갔다며? 강력반 형사들처럼."

"권총 차고?"

---

1. 이하 학내 비리와 관련된 이야기들은 '상문고 교사 7인 재단비리 양심선언(1994년 3
월)', '상문고 학생 인권선언(2000년 3월)', '상문고 비리재단 반대시위 사건(2000년 7월)
등 일련의 역사적 사실로부터 영감을 얻었다.

"교육청 공무원들이 짭새냐 총을 차게."

"으와 그럼 드디어 상춘만 짤리는 건가?"

"춘만이뿐이냐. 민 교감, 개춘구 등등도 한꺼번에 나가야지."

"좋냐? 그렇게 좋아?"

"좋지. 그렇게만 된다면 당연히 좋지. 왜, 넌 안 좋아? 너 혹시 아상²?"

"씨발놈이 또 나대네. 내 말은, 그렇게 되면 학교가 아주 없어질 수도 있다는 거야. 알아? 이따위 쪽팔린 일 때문에 다른 학교로 전학을 가야 한다면, 거기서 기 펴고 살 수 있을 것 같아?"

아침 9시 10분인가, 검은 승용차 한 대가 경비실도 통하지 않고 교문 안으로 쑥 돌진하더래. 그러고는 놀랍게도 전용차로 아닌 학교 대운동장을 일자로 가로질러서, 게다가 건물 뒤편 주차장이 아니라 성실관(본관) 중앙 현관 앞에 거침없이 멈춰서더래.

그런 식으로 학교를 출입할 수 있는 사람은 세상에 단 한 명 상춘만 교장뿐이었거든. 일찍이 지역구 국회위원 누가 학교를 방문했을 때, 쓰리스타라는 학부형 누가 역시 인사차 학교에 찾아왔을 때 등등에만 드물게 예외일 뿐이었거든.

검은 차에서 내린 사람들이 성난 발걸음으로 향한 곳은 1층 교장실. 노크도 없이 벌컥 문을 열고 들어서더니 "교장선생 좀 봅시다." 머리끄덩이라도 잡을 듯 뻣뻣하게 나오더래. 교육청 감사팀에서 나온 사람들이더래. 이후로 교장실은 지금까지 한 시

---

2 '아버지가 상춘만'이라는 의미의, 학생들 사이에서 가장 심한 것으로 통하는 욕설. 실제로 대화 중 함부로 '아상'을 입에 올렸다가 싸움이 붙은 아이들이 적지 않았다.

간이 더 지나도록 들고 나는 사람 하나 없이, 그야말로 찍소리 하나 새나오지 않는 중이래. 재단 비리, 불법 찬조금 모금, 내신 성적 조작 등에 대해서 강도 높은 감사인지 조사인지가 벌어지고 있을 거래. 이 모든 게 전혀 예정에 없던 일인지라 20대 막내 선생들까지도 졸지에 빰 맞은 사람들처럼 어쩔 줄 모르는 기색들이더래.

나로 말하자면, 누구처럼 막연한 불안감에 한숨 쉬거나 은밀한 기대감에 눈을 반짝이는 편은 아니었어. 이게 무슨 경우인지 이해 못하고 고개만 갸웃거리는 맹꽁이도 물론 아니었어. 다만, 그저 조금 신기할 따름이었어. 세상에 이런 일이. 사학 비리의 표본과 같은 우리 학교에 이로써 어떤 긍정적인 변화가 찾아올 수 있을까. 그렇다면 간밤에 꾸었던 꿈이, 혹시, 오늘의 역사적인 사건을 위한 예고편이었을까. 학교에 이런 사변이 일어날 것을 미리 직감하고는, 밤새 그토록 이상하고 아름다운 예지몽을 꾸었던 것일까.

정말?

에이, 설마.

"자습해라. 쓸데없는 질문들 말고."

수업 시작 25분 만에 교실에 들어온 이는 물리 담당 교감선생이 아니었어. '까불이'라는 점잖지 못한 별명을 가진, 어디서 주워들었는지 최악으로 재미없는 농담만 구사하며 아이들을 괴롭히는 독일어 선생.

그런데 심상치 않은 학교 분위기 때문일까, 그날따라 좀 덜까부는 것이었어. 교육청 감사 확실해요? 그거 끝나면 어떻게 돼요? 교장선생님 감옥 가나요? 우리 학교 없어져요? 아이들의 철없는 질문에 까불까불 농담으로 응수하는 대신 이렇게 으르렁거리더라니까.

"감옥이 애들 장난이냐? 지금부터 그딴 소리 한 번만 더 입에 올리는 놈은 단단히 얻어터진 다음 실내화 입에 물고 수업 끝날 때까지 엎드려뻗쳐 하고 있을 줄 알아라. 책 펴고 자습들 해. 잘 놈들은 곱게 자고."

그래, 잠이나 자자. 교장이 짤리든 재단이 세무조사로 털리든 학교가 공중분해되든 그건 그때 가서 걱정할 일이겠지. 책상에 교과서 몇 권을 쌓아올리고 거기 얼굴을 눕혔어. 그러려던 참이었어. 창밖으로 3층 아래 풍경이 눈에 훅 쳐들어왔어.

운동장을 가로질러 저편 지혜관 가는 계단 근처, 농구대가 있고 수돗가가 있고 단풍나무가 있고 쓰레기 소각장으로 이어지는 시멘트길이 구부러지는 어름. 오가는 사람 한 명 보이지 않고, 바람이 부는지 낙엽 하나가 빙글빙글 허공을 떠돌다 땅 위에 사뿐 내려앉기 직전.

그 장면이 어디서 본 듯 몹시 친숙했어. 그 친숙함이 서럽도록 낯설었어. 그 낯섦에. 목덜미가 선뜩해졌어. 덩달아 팔등에 오소소 소름이 돋았어. 가슴이 알 수 없이 벅차올랐어. 머릿속에 희뿌연 미세먼지가 차오르는 중이었어. 눈앞이 까맣게 타들어가는 중이었어.

그것은 어떤 '경지'였어.

일상의 언어로는 옮겨 전달할 수 없는 초월의 순간이었어.

열반에 들기 직전 대오 각성한 석가의 감흥이 이와 같았으리.

십자가에 못 박혀 '다 이루었다' 중얼거리던 예수의 성찰이
이와 같았으리.

히라 동굴에서 수행하다 천사를 만났던 마호메트의 충격이
이와 같았으리.

나,

남미경을 좋아하는 거 아닐까.

12. 먹물 잔뜩 머금은 서예용 붓

지난밤 꿈속에서 그 아름다운 길을 내내 함께 걸었던 사람은, 바로 남미경이었어. 지금 생각해보니 그랬어. 사람들이 아니라 단 한 사람이었어. 꿈에서 깬 직후에는 기억이 분명치 않았지만, 지금은 그 얼굴을 분명히 떠올릴 수 있었어.

어디로 향하는지 모를 그 길을, 남미경과 함께 걸었어.

손에 손을 꼭 잡고 무슨 이야기인가를 연신 주고받으며. 때로는 아무 말 하지 않고 서로에게 미소를 건네며. 담양 메타세콰이어길 같기도 하고 경주 수목원 산책길 같기도 하고 선정릉 숲길 같기도 한 그 길을 밤새도록 걷고 또 걸었어.

지난주 토요일 양재동 롯데리아, 박진영의 〈그녀는 예뻤다〉에 맞춰 고개를 까딱거리던 남미경이었어. 가는 곳마다 하는 짓마다 남자애들의 주목을 끌던 6학년 공식 미인 남미경이었어. 4학년 2학기 서예시간이 막 끝나던 즈음 화장실 앞에서 마주친, 내 돌연한 서예붓 테러에 소리 없이 눈물 흘리던 남미경이었어. 그러고 보면 밤새 여러 사람들과 함께 그 길을 걸었다

해도 과히 틀린 소리는 아니겠네.

나란히 길을 걷던 남미경, 무슨 생각을 했는지 잠깐 걸음을 멈추더군. 까치발을 하고 나무에 손을 뻗더니 가지 하나를 꺾더군. 그러고는 내게 묻더군.

"이거 기억나?"

신기하기도 하지. 가느다란 나뭇가지가 어느 틈에 먹물 잔뜩 머금은 서예용 붓으로 변하고 말았지. 그런데 재차 신기하기도 하지. 그 골 때리는 상황이 조금도 골 때리지 않았지.

"너도 당해봐. 에잇!"

남미경이 거침없이 내 옷에 붓질을 시작했지. 내 하얀 옷소매(나한테 하얀 옷이 있었던가?)가 순식간에 까만 먹물로 엉망이 되고 말았지. 하지만 나는 예전에 남미경이 그랬던 것처럼 아, 나직이 비명 지르지 않았지. 어깨를 떨며 소리 없이 울지도 않았지.

"이제 쌤쌤이다. 알았지?"

남미경이 하하 웃었지. 나도 우히히 따라 웃었지. 유쾌했지. 온몸에 먹칠을 하고 흙바닥을 뒹굴어도 기분이 좋을 것만 같았지.

아니, 어째서?

도대체 왜?

꿈속에서는 그다지 놀랍지도 걱정스럽지도 않았어. 꿈에서 막 깨어, 그 행복한 여운에 멍히 사로잡혀 있을 때도 마찬가지였어. 그러나 꿈속의 누군가가 누군가였음을 깨달은 지금은 견디기 힘든 의문부호가 곰팡이처럼 피어오르는 중이었어.

남미경과 내가 왜 함께 그 길을 걸었던 것일까.
남미경과 함께 걷던 길은 어디로 향하고 있었을까.
남미경과 언제까지 함께 그 길을 걸어야 했을까.

남미경을 좋아한다.
남미경을 좋아한다.

맙소사, 정말?

13. 나쁜 버릇

처음이었어.

이런 기분 처음이었어.

누군가 이유도 없이 자꾸 생각나는 증세. 곁에 없는 누군가 왠지 곁에 있는 것처럼 느껴지는 착란. 나 아닌 누군가로 인해 내내 불편하고 가슴 답답해지는 우울.

혼란스러웠어.

잠깐 이러다 말 것 같지 않았어.

남미경이 보고 싶었어.

아무래도 남미경을 좋아하는 것 같다는 판단이 서자, 갑자기 못 견디도록 남미경의 목소리가 듣고 싶었어. 아무래도 남미경을 좋아하는 것 같다고 머리가 종알거리자, 갑자기 사무치도록 남미경이 그리워졌어. 바로 이런 게 '이성이 감성을 지배'하는 경우일까.

남. 미. 경.

그 이름 석 자가 무섭도록 심오한 무게로 가슴 깊은 곳을 툭툭 건드리고 있었어.

혹시 나는, 역삼초등학교 시절부터 남미경을 내심 좋아하고 있었을까. 은마아파트에서 스치듯 잠깐. 롯데리아에서 고작 1시간. 4년 만에 단 두 번 만난 남미경에게 홀딱 반하고 만 게 아니라면, 그 오랫동안 내내 은밀하게 줄기차게 남미경을 짝사랑하고 있었던 것일까. 누군가를 좋아하는 감정이란 어느 고약한 악성 인플루엔자처럼 오랜 잠복기를 거치다가 어떤 계기를 만나 불끈 와지끈 활동을 개시하기도 하는 것일까. 대치동 은마아파트 상가가, 양재동 롯데리아 2층이 과연 그 계기였을까. 그렇다면, 그 시간과 장소가 아니었더라면, 남미경을 향한 내 안의 악성 인플루엔자는 이 생명 다할 때까지 마음 속 무덤에 고이 잠들어만 있었을까.

나흘 뒤였어.

토요일.

남미경과 공대현이 소개팅을 하는 날. 원인이야 어찌 되었건 내가 나서서 그렇게 다리를 놓아준 날. 그로써 내 모든 시름이 다 끝날 줄 알았지. 하지만 시름 아닌 시련이 이제부터 시작이었지. 이 일을 어쩌면 좋단 말인가. 더럽게 꼬인 이 상황을 어쩌면 좋단 말인가.

점심시간.

급식실 분위기가 평소와 달랐어. 평소와 달리 얌전했어. 평소와 달리 조용했어. 평소와 달리 풀이 죽어 있었어. 오전 내내 아이들을 숨죽여 들뜨게 했던 '사건'이, 온 학교가 그로 인해 묘하게 경직되었던 '소문'이, 더없이 실망스러운 모습으로 마무리되고 만 때문이었어.

기세등등 쫓아와서 감사인지 조사인지를 벌이던 교육감들이 점심시간을 앞두고 딱 2시간 만에 교장실에서 물러났다는 후문이었어. 그렇군 점심시간이라. 의식주 가운데 으뜸은 역시 '식'이군. 방문객 두 사람이 떠날 때, 교장 교감 등과 밝게 웃는 얼굴로 악수를 나눴다는군. 그렇군 웃는 얼굴이라. '얼굴 찌푸리지 말아요. 모두가 힘들잖아요.'라는 노래를 그 작자들도 아는 모양이군. 어디선가 투서가 들어와서 형식적으로 감사를 벌이기는 했지만 학교나 교육청이나 '저희들끼리 짜고 치는 고스톱'이라는 이야기도 들려오더군.

그렇군. 짜고 치는 고스톱이라. 혹시 했던 '혹시나'는 역시 '역시나'군. 교육청 사람들이 교장실에 머물던 와중에 쓰레기 소각장 근처에서 모락모락 피어오르는 연기를 누군가 봤다는 이야기도 있더군. 교무과 직원 둘이 '어떤 종이'들을 다급하게 태웠는데, 감사팀이 보면 큰일 날 문서들이었다더군. 심지어 교육청 사람들이 떠나면서 두둑하게 봉투를 챙겨가더라는 이야기까지 있더군. 그렇군. 봉투라. 지역 국회의원에게까지 수시로 뇌물을 건네는 교장이 교육청 사람들에게도 정성 가득한 인사를 건넨 모양이군.

변화에 대한 기대가 무참히 깨지고 결국 모든 것은 제자리. 만화 속 악당 같은 상춘만 교장의 '모가지'는 멀쩡할 것이고 만화 속 악의 소굴 같은 학교도 장차 아무런 변함이 없을 터였어. 이래저래 입맛이 없었어. 무생채에 깍두기, 새끼손가락만 한 떡갈비 두 점, 배추된장국. 그날따라 급식도 거지같았어. 하지만 굶을 수는 없었으므로 깨작깨작 게으르게 밥을 씹어 넘겼어. 같이 먹던 애들이 하나둘 일어서고, 8인용 식탁 구석에 앉아서 멍히 식판을 내려다보았어.

새로 생긴 버릇처럼, 다시 남미경이 생각났어. 그 이름 석 자가 다시금 가슴 밑바닥을 툭툭 건드렸어. 지금 어디일까. 학교겠지. 지금 뭐할까. 밥 먹겠지. 세진여고는 급식이 어떻게 나올까. 오늘 메뉴는 뭘까. 무생채에 깍두기는 아니겠지. 괜히 서글펐어. 이상하게 가슴이 아팠어.

"어이, 친구."

맞은편 자리에 누군가 앉았어.

공대현이었어.

아랫입술에 벌건 고춧가루 양념을 묻힌 채 나를 향해 히죽 웃었어. 반사적으로 기가 팍 죽었어. 본능적으로 짜증이 확 났어. 토할 것 같았어.

"먹어."

네모 종이팩에 담긴 포도주스. 이것도 제 돈으로 산 물건은 아니겠지. 제가 매점에 줄 서서 구입한 물건은 아니겠지. 내 깊은 시련의 출발점 같은 새끼. 이 모든 사단의 원인 같은 새끼.

"왜 혼자 먹나?"

"아니요. 같이 있다가…… 제가 좀 늦게 먹는 편이라서."

"의리 없는 새끼들 좀 기다려주지. 누구야. 내가 한마디 해줄까?"

"……아니에요."

"농담이다 농담."

공대현도 혼자였어. 그건 좀 의외였어. 교실이건 복도건 화장실이건 구름동산이건 학교 밖이건, 녀석은 정민규와 고태훈 같은 '따까리'들을 늘 달고 다녔거든. 1학년 짱의 품격을 위해서인지 만일의 사태를 대비하는 경호의 목적인지는 알 수 없지만 말이야. 대현도 혼자 나도 혼자. 사태를 파악한 다른 자리 아이들이 이쪽을 조심히 힐끔거리는 중이었어.

"며칠 안 남았잖아."

대현이 목소리를 낮추었어. 그게 무슨 소린지 단숨에 알아듣는 내 자신이 저주스러웠어.

"되게 떨린다. 내가 이래 봬도 소개팅 경험이 몇 번 없어서."

"아."

"그래서 말인데, 좀 물어보자. 남미경 걔, 어떤 애냐?"

"……예?"

"뭘 좋아하는지. 취미가 뭔지. 만나면 어딜 가서 뭘 해야 할지. 끔찍하게 싫어하는, 그런 게 따로 있는지."

벌겋게 데인 상처에 소금을 뿌리는구나. 빌어먹을.

"그런 건, 만나서 솔직하게 물어보는 게 제일 정확하지 않을까요."

"그럴까?"

"예, 초등학교 때랑은 취향이 달라졌을 수도 있고."

순간, 알 수 없게도 자학적인 심사가 꿈틀 발동했어. 이해할 수 없는 노릇이었어.

"참, 걔 미술학원 다녀요."

"미술학원?"

"미대 갈 건지는 안 정했는데, 늦기 전에 서양화를 배워보고 싶다면서."

"오, 그거 좋은 정보다!"

고개를 끄덕끄덕.

"서양화라, 아아, 동양화도 아니고. 역시 예쁜 애들은 뭐가 달라도 달라."

드보르작의 〈신세계로부터〉 4악장이 멀리 울려 퍼지고 있었어.

"고마워. 하여튼 잘 해볼게. 잘 되면 죄다 니 덕이다."

공대현이 만족스러운 얼굴로 일어서서 내 어깨를 툭 쳤어.

2층 급식실에 나 혼자뿐이었어.

온 세상에 나 혼자 남겨진 것 같았어.

14. 기억하지 않아도 좋을 기억들까지

"너는?"

예기치 않은 불편과 맞서 싸우듯, 내가 물었습니다. 그녀가 내게 건넨 '직장이 이 근처야?'로부터 이어지는 질문이었습니다. 그러자 그녀가 변함없이 다정한, 20년 만에 우연히 만난 지 2분도 되지 않는 누군가를 향한 것이라고는 믿을 수 없을 만큼 다정하고 친밀한 목소리로 대답했습니다.

"응, 나도 마찬가지. 잠깐 나온 거야. 이쪽에 약속이 있어서."

광화문 엔제리너스 1층이 참으로 좁게만 느껴지는 중이었습니다. 주문한 것이 나오기를 기다리는 시간이 참으로 더디게 흐르는 중이었습니다.

37살.

내 나이가 그러하니 그녀 역시 그러할 터였습니다.

우아하게 손질한 밝은 갈색 단발머리. 청회색 단추가 달린, 무릎까지 내려오는 상앗빛 트렌치코트. 강렬한 붉은색 하이힐. 내 얼굴이 그대로라고 그녀가 말했지만 내가 보기에 그것은 그녀에게 더욱 어울릴 덕담이었습니다. 일찌감치 결혼해서 중학교 다니는 딸아이를 두 명 정도 둔, 그러나 이웃들로부터 '어쩌면 아직도 20대 같다.'는 소리를 종종 듣는 전업주부라고 하면 그런가 보다 할 모습.

주 5일은 직장 일로 바쁘고 나머지 이틀은 가까운 일본이나 홍콩으로 짧은 여행을 떠나느라 바빠서 그 밖의 인생사는 여태 돌아볼 여력조차 없었고 없으며 없을 전문직 종사자라고 하면 또 그런가 보다 할 외모. 역삼초등학교 6학년 8반으로부터 아니 세진여고 1학년 5반으로부터 20년이 지났다고는 도무지 생각하기 힘든 얼굴.

"정말 반갑다. 저기, 역삼초 애들은 좀 만나?"

남미경이 다시 조그맣게 웃었습니다. 아주 잠깐 잊었던 불편이 다시 시작되고 있었습니다.

"아니. 연락이 잘 안 되네."
"그렇구나."

'나, 알아보겠어?'라고 대뜸 묻기에 그런 것 같다고 대답했습니다. 그를 증명하듯 이름까지 외워 보였습니다. 바로 그 대사를 읊기 위해 오늘 아침 억지로 눈을 뜬 사람처럼. 하지만 그건 절반 정도만 맞는 이야기였습니다. 나머지 절반은 그녀와 내 앞에 미처 다다르지 않은, 그리하여 미처 그를 확인할 겨를조차 없는 사연들이었습니다. 요컨대 기억이란 쇠구슬 같은 것과는 다르니까. 그렇게 단단하고 그렇게 매끈하고 그렇게 똑떨어지는 물건이 아니니까. 오히려 눈송이나 빗방울이나 바람이나, 바람 불면 우수수 흩날리는 낙엽들에 더 가까운 것이니까.

돌연 얼굴 마주치자 그 사람이 누구인지 알아보았고 그 이름마저 한 번에 떠올렸지만 그것은 다만 남미경의 얼굴이고 남미경의 이름이었습니다. 다만 기억의 일부 가운데 일부였습니다.

함께 있는 순간이 조금씩 길어지며, 처음보다 많은 기억들이 짧은 시간 간격을 두고 눈송이처럼 빗물처럼 흩날리고 낙엽처럼 한 잎 두 잎 떨어지는 중이었습니다. 처음에는 기억 못했던 기억과 기억이, 기억하지 않아도 좋을 기억들까지, 정해진 순서와 절차와 줄거리를 따라 고스란히 되돌아오는 중이었습니다. 20년 전 그해 가을의 짧은 몇 개월 사이에 한껏 집중된 사연들을 향해서.

은마아파트 상가. 양재동 롯데리아 2층. 제임스 딘 노래방. 제1회 역삼초등학교 18기 동창모임. 영동돈까스. 이와이 슌지의 러브레터. 크리스마스가 멀지 않던, 춥고 눈 내리던 그날 저녁……. 그것은 이런 종류의 우연한 만남이 한쪽 당사자를 얼마나 큰 불편과 곤란에 빠뜨릴 수 있는지, 가슴 아프게 일깨워주는 증거이기도 했습니다.

"그래, 어떻게 살았어?"

마치 '그 영화 어땠어?' 또는 '점심은 먹었니?' 하듯 자연스럽게 물은 그녀가, 얼른 말을 이었습니다.

"질문 참 황당하네. 하하."
"뭐, 그냥저냥 살았지. 평범하게. 남들 다 하는 거 웬만큼 따라하면서. 사정상 못 따라한 것도 많고."
"그렇구나."
"너는? 잘 살았어?"
"나도, 뭐 그냥저냥. 평범하게."
"……."
"야, 새삼 놀랍다. 20년이라니."
"너는……."
"나 뭐?"
"아니, 아니야."

서양화에 대해 물으려다가 말았습니다. 남프랑스 아를에 대해 물으려다 말았습니다. 그곳에 혹시 다녀온 적이 있느냐고 물으려다 말았습니다. 하지만 사려 깊은 조심성이 말문을 가로막았습니다. 지극히 구체적인 질문이 그녀를 나처럼 불편하게 만들지 않을까 조심스러웠던 것입니다.

그때였습니다. 점점 머쓱해지는 자리를 구원하듯 낭랑한 목소리가 들려온 것은.

"A-33번 손님 주문하신 아메리카노 나왔습니다."
나를 부른 곳으로 반갑게 다가가 1회용 컵을 받아들었습니다.

"감사합니다."

따끈한 기운이 손바닥 안에 퍼져나갈 동안, 짧고 깊은 고민에 빠져들었습니다. 이 장면으로부터 어떤 식으로 물러나는 것이 좋을까. 뭐라고 작별인사를 건네면 좋을까. 어떤 인사가 가장 인상적일까 아니 가장 자연스러울까. 만나서 반가웠어? 그만 가볼게? 또 만나자? 언제 식사나 한 번? 방금 전의 목소리가 재차 낭랑하게 다음 손님을 호출했습니다.

"B-42번 손님. 라지 사이즈 카페라테 한 잔, 라지 사이즈 아메리치노 한 잔 나왔습니다."
그녀가 다가왔고, 머그컵 두 잔이 놓인 플라스틱 쟁반을 들었습니다. 그러다가 다시 조심히 쟁반을 내려놓았습니다. 뭔가 좋은 생각이 났다는 듯, 지갑에서 하얀 종이 조각을 꺼내 내밀었습니다.

"이거."
"아."

"대단한 일을 하는 건 아니고."

그것을 받아들며, 누군가로부터 명함을 받으면 늘 하던 말버릇이 튀어나오고 말았습니다.

"미안하지만 나는 줄 게 없네."
"전화해. 한번 보자."
"그래. 그럴게."
"그럼 잘 가."
"어. 응."

팔랑 손을 흔든 남미경이 한 차례 머리를 쓸어 넘겼습니다. 다시 한 번 빙긋 웃어 보이고는, 플라스틱 접시를 조심히 들고 천천히 돌아섰습니다.

똑똑. 똑똑. 경쾌한 발소리.

사뿐 계단을 밟아 올라가는 빨간 하이힐의 높이와 속도.

점잖지 못하게도 그 뒷모습을 내내 지켜보고 말았습니다. 마침내 그 움직임이 2층으로 사라진 이후에도 한참을 거기 선 채, 텅 빈 계단을 바라보고만 있었습니다. 한 손에는 뜨거운 아메리카노가 가득한 종이컵을 들고 다른 손에는 방금 받은 명함 한 장을 쥐고. 뭐 잘못한 일이라도 들킨 사람처럼 황망한 얼굴로 오래도록 그 자리에 멈춰 서서.

15. 슬픈 거. 무조건 슬픈 거

토요일.

아침에 눈뜨자마자 내가 투덜거렸어.

제기랄 토요일이구나. 바로 오늘이구나.

3교시 끝나고 시작된 대청소 시간. 책상과 의자를 한데 밀어
붙이고 창문을 활짝 열었어. 교실이 평소보다 두 배는 넓어 보
였어. 바람 불면 회색빛 지저분한 커튼이 둥글게 부풀며 덩실
덩실 춤을 추었어. 창틈으로 보얀 먼지가 날벌레처럼 쉴 새 없
이 흩날렸어. 왁자지껄 애들 떠드는 소리에 귀가 따가울 지경
이었어.

별 탈 없이 청소 검사를 마치고 학교를 나왔어. 토요일 4교
시를 끝내고 집으로 돌아가는 길. 매번 느끼는 거지만 이 무렵
의 햇살은 참으로 눈이 부셨어. 그럴밖에 정오가 조금 지난 시
간이었으니까. 그럴밖에 학교 안에서 만나는 햇살과 학교 밖
에서 만나는 햇살이 같을 수는 없었으니까.

그런데 제기랄, 토요일 오후구나.

바로 오늘이구나.

남미경과 공대현이 만나는 날. 아무도 모르게 나 혼자 좋아하게 된 누군가와, 나를 비롯해 내가 아는 사람들 대부분이 죽도록 싫어하는 누군가가 소개팅을 하는 날. 하필 내 활약으로 인해 그토록 몹쓸 만남이 성사된 날.

이 사태를 어쩌나.

늦기 전에 남미경에게 찾아가 솔직히 말해볼까. 오늘 만남 없던 것으로 하자고, 내가 큰 실수를 했노라고, 아무래도 너를 좋아하는 것 같다고 용감하게 고백해볼까.

늦기 전에 공대현에게 찾아가 솔직히 말해볼까. 아무래도 남미경은 너 같은 쓰레기와는 어울리지 않을 것 같다고, 이쯤에서 곱게 포기하라고 점잖게 충고해볼까.

오늘 하루가 어서 빨리 지나가줬으면. 눈을 질끈 감았다가 딱 떴을 때, 일요일 저녁이나 월요일 아침이 되어 있다면 얼마나 좋을까.

버스정류장 앞.

누군가 뒤통수를 탁, 사정없이 때렸어. 흠칫 놀라 돌아보니 정필이었어.

"아씨, 짜증나게."

"하이."

"건드리지 마라. 기분 안 좋으니까."

"왜 그래. 누구한테 언어맞았냐."

"내가 너냐, 맞고 다니게."

"뭔 일 있냐고."

"있지."

"뭔데."

"가슴 아픈 사연."

"뭐래."

"너 같은 건 몰라도 되는…… 아씨, 죽을라고 진짜."

내 눈앞에 들이민, 정필의 곧게 편 가운데 손가락을 탁 쳐내고 말았어.

"집에 가냐."

"가야지."

"뭐 신나는 일 좀 없나. 토요일인데."

"그런 거 없다. 시간이나 후딱 지나갔으면 좋겠네."

"비관적인 새끼."

그때 뜻밖의 아이디어가 반짝.

"어이 좆필."

"뭐."

"너희 집, 오늘도 비었냐?"

"응. 엄마 아빠 월요일에 오시니까."

"오오."

"왜, 우리 집 갈래?"

"가도 되나."

"안 될 거 없지."

"니네 집 가서, 어, 술 먹어도 돼?"

그러자 정필이 눈을 가늘게 떴어.

"그야 어렵지 않지만……. 너 정말 무슨 일 있구나?"

반포동 주공아파트 2단지. 분당으로 이사 간 둘째 이모가 작년까지 살던 동네. 라면 세 봉지 끓여서 단숨에 해치우고, 컴퓨터 좀 하다가, 플스 연결해서 슈팅 게임 좀 하다가, 그예 정필 아버지의 술항아리에 손을 댔어. 난생처음 마시는 술은 아니었어. 어쨌거나 그날, 감히 말하지만 몹시도 술 먹고 싶은 기분이었어. '술 먹고 싶은 기분'이 어떤 것인지는 따로 설명하지 않을래.

차가운 보리차를 안주 삼아 매실주를 세 모금 정도 마셨어. 매실과 매실주는 달랐어. 조금도 비슷하지 않았어. 하지만 참고 마셨어. 술은 맛으로 먹는 게 아니니까. 썩은 물 같은 색깔의 솔방울주도 반의 반 컵 정도 마셨어. 나무 비린내가 물씬, 그 아리고 독한 냄새에 절로 인상이 구겨졌어. 도대체 이런 걸 왜 마시나 싶었어. 하지만 꾹 참고 마셨어. 색깔 예쁜 구기자주도, 맑지만 독한 당귀주도 조금씩 따라서 홀짝홀짝 다 마셨어. 다양하게 술맛을 보고 싶어서가 아니라 항아리 한 군데에서 너무 많이 퍼내면 티가 날까 봐, 그래서 그렇게 조금씩 야금거렸어. 배가 더부룩하게 차오르고 있었어.

"잘 마시네?"

"이까짓 정도야."

"천천히 마셔. 그러다 확 취한다 너."

"좀 취하면 안 돼?"

"얘가 왜 이러나."

"좆필아, 아니 정필아."

"왜."

"음악 좀 틀어봐라."

"무슨 음악."

"슬픈 거. 무조건 슬픈 거."

"슬픈 거?"

그렇게 1시간도 지나지 않아서, 제기랄, 술에 콱 취하고 말았어. 이런 게 취하는 느낌이구나. 몸이 붕 뜨는 것 같긴 한데, 상쾌하게 날아가는 게 아니라 사뭇 불쾌 얼떨떨한 공중부양. 그러자니 왠지 조금 알 것도 같았어. 사람들이 왜 그렇게 술을 마셔대는지.

술에 취하니 감정이란 게 평소보다 몇 배로 깊어지고 넓어지고 높아지더군. 우울하던 게 몇 배로 더 우울해지고. 괴롭던 게 몇 배로 더 괴로워지고. 짜증나던 게 몇 배로 더 짜증나고. 좋지 않은 감정이 그렇게 깊어지고 넓어지고 높아지는데 어처구니없게도 그게 위안이 되더군. 오히려 통쾌하더군. 통쾌하게 우울하고 통쾌하게 괴롭고 통쾌하게 안타깝더군. 통쾌하도록 가슴 아프게 남미경이 생각나더군.

하지만 말야

빈 종이에 가득 너의 이름 쓰면서

네게 전화 걸어 너의 음성 들을 때

나도 모를 눈물이 흘러

변한 건 없니

내가 그토록 사랑한 미소도 여전히 아름답니

난 달라졌어

예전만큼 웃질 않고……

토이의 〈여전히 아름다운지〉가, 맙소사 이렇게나 가슴 찢어지는 노래였구나. 문득 시간을 확인해보니 3시 52분. 다시금 어떤 감정이 숨 막히도록 나를 짓눌렀어.

양재동 커피숍 첼로에서 둘이 만난 지 어느새 1시간째.

뭐하고 있을까. 1시간이면 처음 만난 둘 사이의 서먹함이 가시기에 충분한 시간. 지금쯤 분위기는 어떨까. 둘 중에 누가 더 말을 많이 하는 편일까. 무슨 이야기를 주고받는 중일까. 찻집에서 나가 어디로 갈지는 정했을까. 공대현은 내 코치대로 서양미술사 등등에 대해 조금이라도 공부를 해두었을까. 지금쯤 남미경은 무슨 생각을 하고 있을까. 이따위 괴물을 소개시켜준 나에게 저주를 퍼붓고 있는 것 아닐까.

16. 다시 돌아와 너를 위해 비워둔 내 맘속 그곳에

남미경이 보고 싶었어.

하지만 그럴 수 없었어.

그래서 가슴 아팠어.

지금 당장 양재동 첼로로 쫓아가고 싶었어.

하지만 끝내 그러지 못하리라는 걸 내 스스로 잘 알고 있었어.

그래서 괴로웠어.

무엇보다 비참한 것은, 이 가슴 아프고 비참한 상황의 원인이 비교적 명확함에도, 그로부터 탈출할 방법을 찾기란 거의 불가능하리라는 예상이었어.

요컨대 누군가로 인해서 이토록 괴롭다면, 누군가 나를 줄기차게 쫓아다니며 때리고 협박하고 욕하고 못살게 군다면, 그로부터 벗어날 길은 분명하겠지. 그 누군가를 피해서 다른 학교로 전학을 가면 그만이겠지. 겸사겸사 호주나 베트남 같은 나라로 이민을 가도 좋겠지. SF적인 상상력을 발휘한다면 격투 능력치가 다섯 배쯤 상승하는 물약을 먹고 누군가를 한 주먹에 눌러버리는 방법도 있겠지. 누아르적 상상력을 동원한다면 암흑가의 잔악한 해결사들을 고용해 누군가를 산 채로 야산에 파묻어버릴 수도 있겠지.

하지만 누군가로 인해 이토록 괴롭다면, 누군가 자꾸만 생각나고 보고 싶어서 괴롭다면, 그로부터 도망칠 길은 별로 없겠지. 그 누군가를 피해 도망가거나 주먹으로 눌러버리거나 산 채로 파묻는다고 해결될 일이 아니겠지. 방법은 하나. 그 누군가에게 세상 누구보다 가까이 다가가는 것이겠지. 그 누군가와 세상 누구보다 가까워지는 것이겠지. 그리하여 문제는, 그게 현실적으로 가능하지 않다는 것이겠지.

미치겠구나. 이 마음을.

돌아버리겠구나. 펄펄 끓는 이 마음을.

속에 두고만 있을 수 없어서, 그랬다간 속이 뻥 터져버릴 것 같아서, 묻지도 않는 정필에게 일련의 사연을 고해바쳤어. 며칠 전 내 안의 우주에 불쑥 찾아든 혼란과 격정에 대해서. 벼락처럼 내 명치에 날아와 박힌 누군가의 이름과 얼굴에 대해서.

"오 마이 갓."

몇 잔 술에 얼굴 벌게진 정필, 사과주가 담긴 유리 항아리 마개를 낑낑거리며 돌려 열다 말고 입을 떡 벌렸어. 방문턱에 엄지발가락을 콱 찧은 것처럼.

"너, 정말이냐?"

"인생 꼬였다. 더럽게 꼬였어."

"맙소사. 한따가 사랑에 빠졌구나!"

"비웃어라, 마음껏 비웃어라."

"비웃다니. 누가 사랑을 비웃어? 어느 무례한 바보가 감히?"

정필은 뜻밖에 진지했어.

"내가 뭐랬냐. 사랑이 오는 걸 사람이 어떻게 막냐고 했지?"

"네가 그랬지. 회자정리라고."

"그렇다면 뭐야. 지금, 바로 지금, 너의 남미경을 공대현 그 개새끼가 만나고 있다 이거잖아."

"나의 남미경이라. 빌어먹을."

"힘들겠다. 맙소사. 너 정말 좆같겠다."

정필이 나를 끌어안았어. 꼭 끌어안고 어깨를 두드려주었어. 속이 좋지 않았어. 울렁울렁 토할 것 같았어.

"이거 놔. 숨 막힌다."

"힘내라. 사필귀정事必歸正이고 사불범정邪不犯正이다."

"또 사자성어냐."

"아무리 혼란스러워도 모든 일은 결국 바른 길로 돌아가기 마련이지. 바르지 못한 것은 바른 것을 감히 이기지 못하는 법이지."

"무슨 개소리냐고."

"내 말 믿어. 다만 지금이 조금 괴로울 뿐이다. 다만 지금이 조금 혼란스러울 뿐이다. 결국은 바로잡히게 되어 있다. 사람의 문제도 사랑의 문제도 결국은 바른 길을 찾아가게 되어 있다. 그 마음이 하늘에 닿을 듯 지극하다면."

"바른 길이 뭔데."

"니가 대답해봐. 천하의 남미경이 공대현 같은 좆삐리 새끼에게 어울리기나 해?"

"좆삐리? 푸핫."

"대답해. 어울리냐고."

"절대 아니지."

"오늘 소개팅 한 번 했다고 남미경이 공대현 새끼에게 반하거나 하는 일이 있을 거라고 생각해?"

"아닐걸."

"답은 정해진 거야. 너는 그냥 네가 옳다고 생각하는 길로가. 그럼 돼."

"가긴 어디로?"

단 한 번이라도

내 모습 떠올라

긴 한숨짓고 있다면

다시 돌아와

너를 위해 비워둔 내 맘속 그곳에

마지막 사랑이라 믿는 내게로…….

토요일 오후가 저물고 있었어. 과자 봉지며 빈 술잔이 널브러진 마룻바닥에 정필과 내가 머리를 맞대고 발라당 드러누웠어. 천장의 네모난 형광등 커버가 빙글빙글 한 방향으로 천천히 회전하는 중이었어. 강물 위에 나룻배를 띄우고 거기 드러누워 있으면 딱 이런 기분 아닐까. 조금 많이 어지러웠어. 하지만 참을 만했어. 무조건 슬픈 거, 만 찾는 나를 위해 정필이 선곡한 박기영의 〈마지막 사랑〉이 내내 가슴을 후벼 파는 중이었어. 어디로 가는 걸까. 지금 어디로 흘러가는 중일까. 이 나룻배가 강물을 가로질러 가닿는 곳은 어디일까.

"전화해봐."

정필이 누운 채 웅얼거렸어.

"남미경 핸드폰 있다며. 전화번호 안다며."

"알기야 알지."

"전화해보라고. 못할 이유 없잖아."

"전화해서 뭐라고 해?"

"그걸 왜 나한테 물어보냐. 아이고 머리야."

정필이 힘겹게 일어나 앉았어. 버르적버르적 상체를 움직여 집 전화기를 집어 들더니 내게 내밀었어.

"어쩌라고."

"전화해. 아무 말이나 해. 공대현 새끼랑 아직 같이 있는지 물어봐도 좋고. 역삼초등학교 동창회인지 그 이야기를 꺼내도 좋고. 어쨌거나 너의 존재를 알려줘. 세상에 너란 놈이 있다는 것을 똑똑히 각인시켜줘."

"처량하네."

"원래 처량한 거야. 원래 처량하게 시작하는 거라고, 사랑이란 건."

"……"

"무서워? 겁나?"

"조금."

"번호 뭐야. 내가 눌러줄게 불러봐."

"줘. 내가 할게."

전화기를 건네받고는 깊은 한숨을 뱉어냈어. 정필이 잡아먹을 듯 지켜보고 있었으므로 오래 고민할 수도 없었어. 그래, 전화 한 통이야 무슨 문제가 있을까. 그저 안부전화일 뿐인데. 0. 1. 8. 4. 3. 0. 4. 5……. 이제는 머릿속 깊이 입력되어 지워지지 않는 10자리 번호. 이윽고 신호가 연결되었어. 뚜르르르. 뚜르르르. 정필이 전화기 가까이 귀를 들이밀었어. 녀석을 밀쳐내며 두근거리는 가슴을 다독거렸어. 뚜르르르. 뚜르르르. 뚜르르 철컥.

-여보세요.

남미경이었어. 틀림없는 남미경의 목소리였어. 쏴아아아. 몸 안에 거센 모래 폭풍이 몰아치는 중이었어.

-여보세요?

전화기 저편에서 음악 소리가 들리는 것 같았어. 누군가의 말소리가 들리는 것 같았어. TV 소리일까. 공대현일까. 남미경은 지금 어디 있을까.

-여보세요, 말씀하세요.

전화기를 끊고 말았어. 그러고는 벌떡 일어섰어. 화난 사람처럼.

정필이 의아한 얼굴이었어.

"뭐야, 왜 말도 안 하고 끊어?"

온 세상이 빙글빙글 돌았어. 배 속이 꿀렁꿀렁 미치도록 파도쳤어.

"어이, 괜찮냐?"

메스꺼웠어. 쓰러질 듯 비틀비틀 화장실로 달려갔어. 겨우 화장실 문을 붙잡고 흔들흔들, 변기 앞에 덜컥 무릎을 꿇고 말았어. 고개를 처박고 맹렬히 토하기 시작했어.

우엑! 우어억!

뜨끈뜨끈 냄새 역한 액체가 식도를 역류했어. 퉁퉁 불은 라면 가락이 그 속에 비참하게 섞여 있었어. 괴로웠어. 눈물 찔끔 나도록 고통스러웠어. 목덜미에 오소소 닭살이 돋아나는 중이었어.

"괜찮냐."

마루에 드러누운 정필이 웅얼거렸어.

"아이고 못 일어나겠다. 많이 토해. 내 몫까지."

17. 3·1 독립선언서

11월 1일.

늦가을과 초겨울 사이에 아슬아슬 걸친 월요일.

아침부터 기분 별로였어. 다녀오겠습니다 인사하는 둥 마는 둥 집을 나서면서, 북적거리는 194번 버스에 흔들흔들 실려 서초동길을 지나면서, 학교 가는 언덕길을 시적시적 걸어 오르면서, 계속해서 기분이 좋지 않았어. 머릿속이 복잡했어. 주말 내내 쉬지 않고 나를 괴롭혀온 상상 때문이었어.

오늘 하루가 다 가기 전에 공대현이 날 찾겠지. 틀림없이 그렇겠지. 아마도 점심시간에, 빠르면 2교시 끝날 때쯤, 애들 시켜서 구름동산으로 나를 불러들이겠지. 그러고는 열나게 자기 이야기를 시작하겠지. 지난 토요일에 있었던 이야기를. 양재동 첼로에서 남미경 만난 이야기를. 아마도 자랑이겠지. 아니면 불평이겠지.

'남미경, 생각보다 쾌활한 애더라? 가까이서 보니까 완전 예쁘고. 요번 주에 또 보기로 했다. 나 잘했지?'

그런 자랑이라면 가슴이 꽤 아프겠지. 하지만 감히 그런 내색조차 못 하겠지.

'만나자마자 바로 헤어졌어. 집에 갑자기 급한 일이 생겼다나. 내가 마음에 안 들어서 그러는 건 아니겠지? 남미경 다시 만나보려고 하는데, 어떻게 하면 좋겠냐. 시작한 김에 니가 끝까지 좀 도와줘라.'

그런 불평이라면 속이 꽤 쓰리겠지. 그러나 공대현의 두 번째 부탁 아닌 부탁을, 이번에도 싫다고 거절할 수는 없겠지.

하긴 그랬어. '지난 토요일'에 어떤 일이 있었는지, 어떤 분위기였는지, 나 역시 정확하게 알아둘 필요가 있었어. 듣노라면 괴롭겠지만, 알아야 그에 따라 다음 행동을 결정할 수가 있을 테니까. 그래야 이후로 남미경에게 접근하는 최적의 방법을 선택할 수 있을 테니까.

그런데 이 와중에 웬일?

온갖 지저분한 상상 속에 파묻혀 교문을 막 지나는데, 더욱 지저분하게도, 갑자기 똥이 마렵더군. 느닷없이 똥이 마렵기 시작하더군. 아랫배가 싸하다 싶더니 내장이 뒤틀리는 것만 같더군. 숨 끝이 점점 가빠오더군. 이러다 큰일 나겠다 싶더군.

걸음에 속도를 붙였어. 엉덩이 씰룩씰룩 경보 선수처럼. 교문에서 성실관 서문까지 80미터 정도 될 언덕길이 까마득하게 멀었어. 전혀 뜻밖의 상황은 아니었어. 어찌 보면 예견된 결과였어. 어제 온종일 똥을 못 쌌거든. 더불어 온종일 배가 아팠거든. 똥도 못 싸는 주제에 아침부터 저녁까지 배가 살살 아팠거든.

토요일 오후, 정필이네 집에서 먹은 술 때문이었어. 그 독한 게 여러 종류 뒤섞여 몸 안에 들어가니 내장이 뒤틀리는 게 당연하겠지. 게다가 결정적으로, 아까는 현관문을 나서려는데 엄마가 느닷없이 우유를 한 컵 가득 따라줬어. 유통기한 오늘까지야, 어서 마시고 가. 그게 제대로 마중물 역할을 하는 중이었어. 미치도록 배가 아팠어. 손바닥에 끈적끈적 땀이 뱄어. 눈앞이 노래질 즈음 건물 안에 겨우 들어섰어. 씨근덕씨근덕 이를 악물고 계단을 타 올랐어. 아무리 급해도 선생님들 수시로 오가는 1층 화장실에서 똥을 쌀 수는 없는 일이었어.

2층 화장실 칸에 엎어질 듯 후닥닥 달려 들어가, 달달 떨리는 손으로 지퍼를 열고 바지와 팬티를 동시에 내렸어 아니 바지와 팬티를 동시에 내리는 동시에 양변기에 주저앉았어. 그리고…… 아랫배에 힘을 줄 필요도 없었어.

학교에서 똥을 누다니. 고등학교 들어와서 처음이었어. 초등학교와 중학교를 합쳐, 아마 세 번도 되지 않을 거야. 특히 초등학생 때는 학교에서 똥을 누다 애들에게 발각될 경우, 두 달 정도는 똥싸개 소리를 들을 각오가 필요했으니.

어느 정도 여유를 찾을 즈음, 눈앞에 뭔가 들어왔어. 화장실 문 안쪽에 붙은 것. 변기에 앉으면 이마에 와 닿을 높이쯤의 종이 한 장.

이게 뭐지. 광고 전단은 아니고.

A4지 한 장에 빼곡하게 쓴 펜글씨. 원본이 아니라 복사한 것이었어. 그 내용을 대충 훑어보던 내 입이 떡 벌어졌어.

아니, 이건?

순간 싸르르 배 아프던 느낌이, 똥을 다 누기도 했지만, 삽시간에 사라지고 있었어. 배 속은 시원하고 머릿속은 복잡하고. 하지만 꾸물거릴 상황은 아니고. 화장실에서 나와 3층 복도 맨 끝, 1학년 1반 교실에 들어섰어. 7시 58분. 다행히 지각은 아니었어.

"왔냐."

"왔다."

연습장에 영어 단어를 새카맣게 써대던 상훈, 내 쪽으로 삐거덕 고개를 돌렸어.

"얘기 들었냐."

"무슨 얘기."

"몰라?"

"글쎄다."

"새끼, 너도 알지?"

내 짧은 예상이 틀리지 않았음을 그제야 직감할 수 있었어. 정체불명의 종이 한 장. 누군가 쓴 예의 '성명서'는 2층 화장실 칸 안에만 붙어 있는 게 아니었어. 누군가에 의해 작성되고 누군가에 의해 복사된 사본들이 누군가에 의해 이른 아침 학교 운동장에 건물 계단에 교실과 복도에 알차게 뿌려진 모양이었어. 월요일 아침, 그에 대한 소문을 듣지 못한 아이들은 없는 것 같았어.

"전교에서 3백 장도 넘게 나왔대. 아직 절반도 수거 못했대."

뒷자리 동현이 껴들었어.

"명문이더라. 독립선언문만큼이나 감동적이더라."

"3·1 독립선언서겠지."

"오등은 자에 아 조선의 독립국임과 조선인의 자주민임을 선언하노라!"

"누구 작품일까."

"2학년 형들이라던데."

부반장 재욱이 수군수군.

"지금 반마다 교련 선생이랑 체육 선생이랑 들쑤시고 다니면서 난리가 아니래. 관련자 색출한다고."

"상춘만 교장이랑 민 교감이랑, 지금 열 받아서 방방 뛰는 중이겠지?"

"안 봐도 비디오지."

"기자들은 뭐하나. 이런 거 취재해서 세상에 알리지 않고. 단군 이래 최악의 사학 비리 뉴스를 터뜨릴 기회인데."

"대한민국 기자가 그렇게 정의감 넘치는 작자들이냐."

"그나저나 월요일부터 피곤하게 생겼네. 불똥이 사방에 튈 테니."

"그러게 말이야. 아까 교무실 다녀왔는데, 분위기 장난 아니더라고."

"철없는 것들. 그 정도 불편도 감수 못하고 투덜대? 누군 목숨 걸어가면서 투쟁하느라 바쁜데."

투쟁이라. 그렇군. 주동자가 누구인지는 모르지만, 어째서 그런 일을 벌였는지 알겠더군. 감이 잡히더군. 지난주 학교에 들이닥쳤던 교육청 감사팀. 그로써 학교의 온갖 비리들이 밝히 드러나고 원흉인 교장과 친재단파 선생들이 한데 물러나지 않을까 싶었던 기대감이 어김없이 무너지고 만 사건. 어려운 표현을 쓰자면 그로부터 촉발된 투쟁이겠군. 이에 실망하고 분노한 누군가(들이), 타오르는 정의감을 어쩌지 못하고 나선 것이겠군. 주동자가 누군지 소문처럼 2학년 형들인지 어쩐지는 몰라도, 참으로 대범하고 용기 있는 행동이로군.

8시 20분. 평소보다 많이 늦게 귀신이 나타났어. 눈 밑 시커먼 다크서클. 간이 안 좋은지 늘 허옇게 부르튼 입술. 부스스 곱슬머리. 사회 과목을 맡은 담임 귀신이 당구 큣대에 검은 테이프 칭칭 말아 감은 사랑의 매를 교탁 위에 쩔꺽 내려놓았어. 반장이 일어서서 차렷, 경례, 를 하려고 하자,

"됐어."

툭 잘라내고는 교실을 한 차례 둘러보았어. 그러고는 뜸도 들이지 않고 말했어.

"길게 말 안 한다. 그 종이쪽지 주운 놈, 지금 가지고 있는 놈, 당장 가지고 나와."

'그 종이쪽지가 뭐냐'고 물어보는 애들은 없었어.

"다들 알겠지만 대단히 악질적인 내용의 괴문서 전단이 아침부터 학교 전체의 면학 분위기를 엉망으로 뒤흔들어놓고 있다. 선생님들은 이를 대단히 엄중한 사안으로 판단하는 중이다. 대단히 비양심적이며 비겁한, 학생으로서는 상상도 못할 범죄 행동으로 말이다."

교실 안은 새벽 네 시처럼 조용했어.

"그거 가지고 있는 녀석들, 어서 가지고 나오도록 해. 그 내용을 노트에 베끼거나 한 녀석들도 마찬가지다. 망설일 것 없

다. 지금 담임에게 제출하고 나면 아무 문제가 없다. 호기심은 죄가 아니니까. 하지만 나중에 불시 소지품 검사를 했을 때 적발이 되는 경우, 그때는 아주 큰 문제가 되고 말 것이다. 그때 걸리는 놈들은 지금 이 순간 담임의 말을 듣지 않은 것에 대해 뼈저린 후회를 하게 될 것이다. 자, 눈치 보지 말고 어서 나와!"

귀신의 인자한 시선이 다시 교실 안을 한 바퀴 휘저었어.

"분명히 말해두지만 지금이 마지막 기회다. 어이 성규. 너 없어?"

누군가 쭈뼛쭈뼛 일어섰어. 반 애들 중에서 키가 가장 작은, 본인이 들으면 어떻게 생각할지 모르겠지만 생긴 것도 초등학교 5학년 같은 승일이었어. 꼬깃꼬깃 접은 종이쪽지를 교탁에 수줍게 내려놓고 돌아서는 승일의 초등학교 5학년 같은 얼굴이 심하게 주눅 들어 있었어. 지켜보는 내가 다 안타까울 정도였어. 승일에 이어, 이번에는 검은 뿔테 안경의 부반장 재욱이 자리에서 일어섰어.

잠시 후, 기다렸다는 듯 찬호도 영상이도 교탁으로 졸졸 뒤를 따랐어. 젠장, 나도 가만히 있어서는 안 되겠구나. 아무렴 버티고 있을 이유가 없겠구나. 가방에서 영어 참고서를 꺼냈어. 103쪽 '복합관계사와 관계사(계속적 용법)' 사이에 두 번 접어서 끼워놓은 종이를 집어 들었어. 2층 화장실에서 똥을 싸다가 우연히 발견한 그것. 한 차례 훑어보고는 아니 이건? 놀라고 만 그것.

18. 상준고등학교 학생 일동

어떤 녀석은 교탁에 선 귀신으로부터 뭐라고 농담을 들었는지 열없게 히죽 웃으며 뒤통수를 긁기도 했어. 어떤 녀석은 뺨이라도 몇 대 얻어맞은 듯 퉁퉁 부운 얼굴이었어. 어떤 녀석은 자리에서 일어나서부터 자리로 돌아오기까지 내내 무표정하다가, 뭐가 그렇게 눈물 나게 분한지 눈가를 소매로 닦아내기도 했어. 나 같은 경우는, 도대체 이게 뭐하자는 짓이람, 헛웃음이 나오는 중이었어.

반 아이들 58명 가운데에서 23명 정도가 예의 종이쪽지를, 그 내용을 필사한 종이 따위를 차례로 교탁에 내려놓고 돌아왔어. 더는 나서는 아이들이 없었어. 귀신이 교탁에 두 팔을 딛고 서서 다시금 교실 안을 한 바퀴 둘러보았어. 자기 자신이 가장 잘 할 수 있는 동작을 선보인다는 듯 자신만만한 얼굴이었어.

"이란격석. 계란으로 바위를 쳐서 부수려 한다는 뜻이다. 배수거신. 한 잔의 물로 수레 가득한 땔나무에 붙은 불을 끄려

한다는 뜻이다. 당랑거철. 사마귀가 움직이는 수레를 막으려고 나선다는 뜻이다. 세 가지 모두, 제 분수를 모르고 날뛰다간 끝까지 지켜보지 않아도 그 결과가 빤하다는 뜻이다."

조용한 교실 안에 귀신의 아니꼬운 덕담만이 자분자분 이어지고 있었어.

"사람은 누구나 자신만의 고유한 위치와 입장과 역할을 가지고 있다. 상준인 또한 상준인으로서의 엄연한 본분이 존재한다. 본분에 벗어나는 행동을 일삼는다 한들 알아주는 사람은 없다. 세상은 절대로 쉽게 바뀌지 않는다. 그것이 가장 강력한 세상의 법칙이다. 잊지 말아라. 경거망동하지를 말란 말이다. 질문 있어?"

회수한 종이들을 둘둘 말아 쥔 귀신이 그것을 다른 손바닥에 탁, 탁, 탁, 쳤어. 새로 만든 사랑의 매처럼.

"교사 생활 20년 경력으로 말하건대 이번 사건, 유야무야 끝나지는 않을 것이다. 주동자가 몇 명이건 이후 유인물을 소지하거나 재배포하다가 걸리면, 2차 가담자가 몇 명이건 더불어 그 내용을 겁도 없이 나불나불 발설하고 다니는 놈들까지 포함해, 장차 엄중한 처벌을 피할 수 없을 것이다. 그런 어리석은 학생이 우리 1반 중에서 나오지 않기를 이 담임이 강력하게 원하고 또 당부한다. 지금 몇 시냐?"

"47분이요."

"1교시는 없다. 남은 시간 떠들지 말고 자습해라. 인사 생략."

귀신이 물러난 교실에 술렁술렁, 아이들의 수군거림이 이어지고 있었어.

창밖에 바람이 불고 있었어.

스산한 날씨였어.

이란격석. 배수거신. 당랑거철. 아침부터 참 많이 배웠구나. 귀신이 압수해간 종이 뭉치가, 과연 바위 앞의 계란 같은 것이었구나. 불타는 수레 앞의 물 한 잔 같고 돌진하는 마차 앞의 사마귀 같은 것이었구나. 그토록 하찮은 것이었구나. 거기 흔들릴 바위가 수레가 마차가 아니었구나. 바로 그런 게 세상이었구나.

허했어. 몸에 커다란 구멍이 뻥, 뚫린 것 같았어. 다시 말해 배가 고팠어. 갑자기 사무치도록 배가 고팠어. 똥을 너무 많이 싼 탓이겠지. 그러느라 에너지를 지나치게 소비한 탓이겠지. 종치자마자 매점으로 달려가야겠군. 갑자기 남미경이 생각났어. 갑자기라고 할 수는 없었어. 그즈음 하루에도 수십 번씩 떠오르는 얼굴이 남미경이었고 떠오르는 이름이 남미경이었으니까. 나무젓가락을 봐도 남미경이 생각나고 오토바이 엔진 소리를 들어도 남미경이 생각나고 바람 속에 낙엽 썩는 냄새가 풍겨도 남미경이 생각났으니까.

들리는 이야기지만 남미경 다니는 세진여고도 다들 쉬쉬하는 학내 비리가 여간 아니라던데. 그 학교 재단도 문제가 이만저만 아니라던데. 작년인가 그 학교에서 대규모 교직원 인사비리 문제가 터졌을 때, 보여주기 식으로 간부 직원 한 명이 중징계 처분을 받고 어물쩍 넘어갔다던데.

머릿속에 어떤 문장들이 꾸역꾸역 이어지고 있었어. 아까 화장실에서 엉겁결에 만났던, 외우려고 애를 쓰지 않아도 절로 외워졌던, 종이 한 장을 가득 채운 펜글씨 내용이었어. 누구 말마따나 3·1 독립선언서를 방불케 하는 구절들이었어.

〈상준고 학생 인권 선언〉

우리 학생은 하나의 인격체로서 자신의 삶을 사랑하고 존중하도록 배울 권리가 있다. 십수 년간 배움의 과정은 우리가 서로를 같은 인간으로서 존중할 권리와 의무가 있음을 자각하는 것에 다름 아니다. 지난 암울한 세월 불의한 세력으로부터 유린당한 인권을 되찾기 위하여 이 땅의 민주시민들이 보여준 용기와 희생의 역사는 그러한 가르침의 산실이었다. 그러나 민주화의 역사가 살아 숨 쉬어야 할 학교에서 여전히 강압적이고 비민주적인 통제가 행해지고 있고, 입시를 빌미로 한 이기심의 고취는 우리 모두를 불행의 구렁텅이로 몰아넣고 있다. 이에 우리 학생들은 교육의 진정한 주체로서, 그리고 자신의 삶을 풍성히 가꾸어나갈 책임이 있는 독립된 인격체로서 지난 숭고한 역사의 가르침을 본받아 우리 자신의 인권을 되찾을 것을 선언한다.

……중략……

오늘 우리는 학생들의 정당한 권리를 되찾을 것을 선언한다. 진정한 교육의 민주화와 학생들의 민주 시민의식 배양을 위하여, 이 땅의 올곧은 역사발전을 위하여 우리는 무엇보다 우선적으로 대한민국의 교육을 반석 위에 올려놓을 수 있도록 전력을 경주할 것이다. 학생의 인권이 보장되고 존중되는 학교, 학교의 주인인 학생이 진정한 주체가 되는 학교를 만들고자 하는 우리의 노력이 모일 때, 민주 교육의 이상은 현실로 다가올 것이다. 그 현실을 하루라도 앞당기기 위하여, 학우들아 일어서자. 우리의 목소리를 높여, 다음과 같은 시대적 요구를 당당히 선언하자.

하나. 교장 상춘만은 당장 사퇴하고 사학비리에 대해 철저한 수사를 받도록 하라.

하나. 상춘재단 이사장 우희자는 파행운영의 모든 책임을 지고 이후 재단의 관리를 관선 이사진에 넘기도록 하라.

하나. 재단의 이익만을 위해 처신하는 민용기 교감 등 이른바 '친재단파' 교사들은 부끄러움을 알고 우리 학생들의 정당한 요구에 즉시 협조하도록 하라.

하나. 교육부는 하루빨리 정상적이고 철저한 감사와 이후 조치가 이루질 수 있도록 최선의 노력을 다하도록 하라.

1999년 11월 1일
상준고등학교 학생 일동

"어이 한차연."

교문 건너 천일문구점을 막 지나칠 때였어. 골목 안, 누군가 속삭여 나를 부르는 목소리들.

두 명이었어. 처음 보는 얼굴들이었어. 공대현이구나. 이 녀석들을 시켜서 지금 나를 찾는 중이구나. 왜 아니겠어. 내게 볼일이 있겠지. 내게 할 말이 많겠지. 지난 토요일에 대한 자랑 아니면 불평이겠지.

한 명은 이마와 뺨에 붉은 여드름이 덕지덕지. 또 한 명은 커다랗고 네모난 얼굴에, 어울리지 않게도 크고 쌍꺼풀이 짙은 눈. 공대현의 따까리답게 두 녀석 모두 나와는 비교가 되지 않는 덩치들이었어. 개중에 한 명, 붉은 여드름이 내 앞에 다가왔어.

"한차연 맞지?"

물어보긴 뭘 물어봐. 교복 명찰에 박힌 이름 안 보여? 그나저나 집에 빨리 가긴 글렀네. 생각만 해도 다시 배가 고파지네. 오늘은 하루 종일 배만 고픈 날.

"오랜만이다."

"……어?"

"오랜만이라고."

"……."

"나 기억 못하지? 새끼가 졸라 빠져서."

녀석이 씩 웃었어.

"남진철이다 임마. 모르겠어?"

"아. 아아!"

그렇구나. 어쩐지 낯설지가 않더라니. 남진철. 역삼초등학교 6학년 공식 싸움 짱. 2 대 1도 좋고 3 대 1도 좋고, 한번 붙으면 절대로 지는 일이 없는 역삼초 전설의 싸움꾼. 그래, 상준고등학교 배정받았다는 소리는 들었지. 11반인가라고 했지. 입학한 지 1년이 다 끝나가는데 만나기는 지금이 처음인 것 같네. 하긴 1반부터 20반까지, 1학년만 1천 2백 명이 넘게 우글거리는 판이니.

"집에 가냐?"

"어, 그러려고."

희한하네. 아니, 놀랍네. 그렇다면 지금 남진철이 공대현 심부름으로 나를 데리러 왔단 말인가? 저 공대현이 상준고에서 제아무리 잘나가는 개새끼라 해도 그렇지, 그래도 남진철인데, 원 세상에 천하의 남진철이 쪽팔리게 누구 따까리 노릇을?

맙소사, 이건 좀 심한걸.

19. 노래방의 컵라면

　진철과 승호(네모난 얼굴에 크고 쌍꺼풀 짙은 눈매를 가진 녀석도, 알고 보니 함께 역삼초등학교를 다닌 18기 동창이더군.)가 나를 데려간 곳은 방배동 카페골목 초입의 지하 노래방이었어.

　제임스 딘 노래연습장.

　카운터에 우리 또래의 아이가 혼자 앉아 있다가 우리를, 정확하게는 진철과 승호를 반겼어. 목이 유난히 긴 어깨가 유난히 구부러진, 변두리 동물원의 늙은 기린을 닮은 아이었어. 오후 4시의 노래방은 손님 한 명 없이 조용했어. 덕분에 가장 넓고 시설 좋은 2번 방을 차지할 수 있었어.

　"어, 배고프다."

　소파 구석에 가방을 내던진 진철이 기린에게 말했어.

　"요한, 먹을 것 좀 없냐."

　지요한. 기린의 이름.

　"컵라면 줄까."

　"좋지. 너도 컵라면?"

진철이 나를 쳐다보았어. 엉겁결에 고개를 끄덕이고 말았어. 거 이상하네. 공대현이 여기로 나를 불렀단 말인가. 노래방이라니. 노래방에서 컵라면도 판다니. 하지만 배가 고팠으므로, 하루 종일 배가 고픈 날이었으므로, 사양할 이유가 없었어. 지하 노래방 특유의 들큼한 방향제 냄새. 눅눅하게 가라앉은 실내 분위기. 방 안을 디귿 자로 감싼, 짙은 남색 천 소파. 잠시 후 요한이 컵라면 세 개와 캔 음료들을 쟁반에 받쳐 들고 나타났어.

"먹자."

요한의 열두 살 많은 외사촌 형이 운영하는 노래방이라더군. 저녁이면 아저씨 손님들이 찾아와 술도 마시고 도우미들도 부르고 하는. 그래서 우리 같은 학생 손님들은 잘 오지 않는 데라더군. 그래서 진철과 승호 등등이 종종 아지트로 애용하는 곳이라더군. 우리가 먹는 컵라면은 손님에게 파는 게 아니라 요한을 비롯한 알바 직원들 간식용이라는군.

후룩 후루룩 컵라면을 먹으며 머릿속이 빠르게 회전했어. 여전히 아리송했지만 한두 가지는 분명하게 단정할 수 있었어. 진철이 공대현의 따까리는 아니라는 사실. 공대현의 지시를 받고 지금 여기로 나를 데려온 것은 아니라는 사실. 그건 내 오해일 뿐이었다는 사실.

그럼에도 여전히 궁금했어. 진철이 왜 갑자기 내 앞에 나타난 것일까. 내게 무슨 용건이 있는 것일까. 천일문구점 골목에서의 만남은 절대 우연이 아니었어. 그런 우연은 꿈에서라도 믿지 않는 편이 좋아. 그렇다면 왜? 반주 소리도 악쓰는 노랫

소리도 들리지 않는 오후의 노래방 안, 후룩후룩 라면 국물 마시는 소리만이 기괴하게 이어지는 중이었어.

"어, 잘 먹었다."

진철이 빈 컵라면 용기에 다 쓴 나무젓가락을 던져넣었어. 승호가 오렌지주스 캔 하나를 내게 던지고, 또 하나를 까서 벌컥벌컥 들이켰어. 때마침 요한이 룸 안에 들어왔어. 빈 그릇 등등을 쟁반에 담아서 나가려다가 생각난 듯 물었어.

"노래 넣어줄까?"

진철이 가방에서 담뱃갑을 꺼냈어.

"아니."

담배 두 개비를 꺼내 하나를 입에 물고 하나를 내게 건네더군. 고개를 가로저었어. 귀가 먹먹하도록 고요한 노래방 안. 자욱하게 밴 라면 냄새 사이로 진철과 승호가 피워 올리는 담배 연기가 뭉게뭉게 흩어졌어. 오나가나 담배로군. 참 이상하다니까. 중학교 때는 한 반에서 피우는 애들이 열 명도 안 되었는데, 고등학교 와서는 한 반에서 안 피우는 애들이 열 명도 안된다니. 이유가 뭐냐고, 고등학생 됐다고 집에서 연초비를 따로 챙겨주는 것도 아닐 텐데.

"상준 입학해서 처음 보네. 1년 다 돼서."

진철이 말했고 내가 고개를 끄덕였어.

"그러게."

"잘 살았냐."

"그럭저럭."

"어때, 학교는 다닐 만 해?"

군대 다녀온 둘째 형 정도 되는 양 묻더군. 의젓하게. 가만있자 그런데 진철과 내가 초등학교 때 얼마나 친한 사이였던가. 글쎄, 5학년 때 같은 반이긴 했지. 하지만 같이 어울려 다닐 정도는 아니었지. 솔직해 말해 내가 '거기 낄' 급이 아니었지. 그래도 같은 반이니 몇 번 대화를 나누긴 했겠지. 기억은 나지 않지만.

"그저 그렇지 뭐."

"다행이네. 그저 그럴 정도면."

"……."

"난 아주 죽겠다. 더러워서 학교 못 다니겠다."

이해할 수 있었어. 더러워서 학교 못 다니겠다고 투덜대는 애들을 한두 명 보는 게 아니었으니. 나 또한 어느 정도는 그중 한 명이라고 할 수 있을 터였으니. 그럼에도 여전히 알 수 없었어. 어째서일까. 남진철은 어째서 느닷없이 (입학하고 1년이 다 지난 마당에) 내 앞에 나타나서 빤한 신세한탄을 늘어놓는 중일까.

"내가 뭐 하나만 물어보자. 툭 까놓고."

"말해."

"너. 공대현이 따까리라며."

순간 소름이 오싹.

순간 머리가 지끈.

"누가 그래?"

다른 때 같았으면 다른 애 같았으면 그렇게 되묻지 않았겠지. 상대가 정필이 같았다면 단박에 '지랄하네 어떤 새끼가 따까리래?' 되받아쳤겠지. 하지만 진철과 나는 그 정도로 가까운 사이가 아니었지. 아직 내게, 진철은 갈 데 없이 역삼초등학교 6학년 공식 싸움 짱이었지.

"누가 그랬는지가 문제가 아니잖아."

"……"

"공대현이 새끼한테 남미경을 소개시켜줬다며. 너가 그랬다며. 아냐? 내가 잘못 알고 있는 거야?"

"……맞아."

또 다른 역삼초등학교 동창 승호가 진철과 내 대화를 묵묵히 경청하는 중이었어. 그 심각한 얼굴이 더욱 심각하게 구겨지는 중이었어.

"갑자기 불러내더니 말도 안 되는 소리를 하잖아. 남미경이랑 친하지 않느냐고. 한번 만나게 해달라고. 그래서 할 수 없이."

"싫다고는 안 해봤냐."

"나도 기분이 좋지 않았어. 황당했어. 남미경이랑 나랑 그럴 만한 사이도 아니고. 하지만 그게 아니라는 말은 못 하겠더라. 그래서, 할 수 없이 그렇게 됐어."

"알 만하다."

진철이 새로운 담배에 불을 붙이고는 후우, 담배연기인지 한숨인지를 뱉어냈어. 그러고는 미처 재가 만들어지지 않은 담배를 빈 음료 깡통에 툭툭 털었어.

"내가 있잖아, 고등학교에 와서 다짐한 게 하나 있다."

"……"

"중학교 때는 좀 놀았거든. 제법 놀았지. 원 없이. 노는 게 좋았으니까. 어쩌다 사고도 좀 치고. 싸움도 좀 하고. 오토바이도 타고. 고장 나면 훔치기도 하고. 알잖아 너도. 내가 얌전한 놈은 아니라는 거."

"……."

"고등학교 입학할 때, 내가 정말 울면서 다짐했어. 누가 시키지도 않았는데 혼자서 다짐했어. 이러지 말자고. 3년만 참자고. 꾹 참고 공부하자고. 평생의 단 몇 년 만이라도 사람처럼 살아보자고. 그래서 대학 가자고. 인서울이건 뭐건, 일단 해보기나 하자고."

역삼초등학교 전교생의 눈과 귀를 휘어잡던 전설의 3남 가운데 한 명, 남진철은 자못 심각했어 아니 진지했어.

"그래서 노력했어. 정말 노력했어. 학교에서도 있는 듯 마는 듯 얌전히 지냈어. 되건 안 되건 공부만 했어. 못 믿겠으면 우리 반 애들한테 가서 물어봐. 나를 어떤 놈으로 알고 있는지."

복도에서 나직한 기계 반주 소리가 이어지는 중이었어. 새로운 손님이 찾아온 모양이었어.

"그런데 씨발, 세상이 도와주지를 않네. 더러워서 학교를 못 다니겠네. 아무리 눈귀 막고 살아가려 해도, 그게 마음처럼 되지를 않네."

"……."

"더 이상은 안 되겠어. 자퇴하고 검정고시를 보면 봤지, 좆같아서 이렇게는 학교 못 다니겠다고."

크륵, 가래를 그러모은 진철이 가련한 음료 캔을 집어 들고는 그 좁은 입구에 아슬아슬 뱉어냈어.

"지금 내가 누구 때문에 이런 이야기를 하는 건지, 차연이 너도 알겠지?"

"······공대현."

"개새끼가!"

잠자코 있던 승호가 눈앞의 누군가에게 그렇게 하듯 질펀한 욕설을 뱉어냈어. 화들짝 놀란 내가 녀석을 돌아봤어. 그렇게나 무시무시 험상궂은 얼굴은 최근 몇 년 사이에 처음 보는 것 같았어. 천만다행스럽게도 나를 향한 욕설은 아니었어.

"이 반 저 반 돌아가며 삥 뜯고. 물건 뺏고. 만만한 새끼들 빵 셔틀 시키고. 이유 없이 때리고 욕하고 못 살게 굴고. 선생들은 아는지 모르는지 신경 하나 안 쓰고. 말 좀 해봐. 일생에 한 번뿐인 고등학생 시절이, 그 새끼 하나 때문에 엉망이 되어야겠냐?"

"······안 되지."

"따지고 보면 다 우리 때문이야. 우리가 병신 같은 때문이야. 공대현 그 좆도 아닌 1년 꿇은 새끼가 상준고 1학년 캡짱이라고 설치고 다니도록, 우리가 병신같이 아무것도 하지 않은 때문이야."

문득 떠오르는 단어들이 있었어. 이란격석. 배수거신. 당랑거철.

"오늘 아침에 2학년들이 써서 돌렸다는 성명서, 봤냐?"

"봤어. 나도 갖고 있었어. 담임에게 바로 빼앗겼지만."

"나 정말 놀랐다. 엄청 감명을 받았다. 아, 이런 게 사는 거구

나. 불의가 있으면 팔 걷어붙이고 나서는 거. 모두 쉬쉬하고 있을 때 앞에 나서서 외치는 거. 높은 벽이 가로막으면 그걸 넘어서고자 서로 손 잡아주고 이끌어주는 거."

"……."

"덕분에, 마침내 결심했다. 그동안 공대현이 새끼 때문에 졸라게 속만 끓여왔지만, 이제 더는 안 참는다."

"어쩌려고."

"내가 누구냐. 역삼초등학교 짱 남진철 아니냐."

가슴속에서 뜨거운 무엇이 바글바글 끓어오르기 시작했어.

"공대현이 그 새끼, 조만간 내가 끝장낸다. 아주 박살내버린다."

"싸울 거야?"

"방법이야 많지. 그동안 설쳐댄 걸 내내 후회하게 만들어줘야지. 학교에서 고개도 못 들고 다니게 해줘야지."

"……."

"차연이 너도 함께 하자."

"나?"

"그래, 네 도움이 꼭 필요해."

가슴 밑바닥의 양은냄비가, 넘칠 듯 끓어오르는 중이었어.

"내가, 내가 무슨 도움이 될 수 있을까?"

20. 역삼초등학교 18기 동창모임 준비위원회

토요일. 정말 간만에 역삼초등학교.

"엄청 달라졌네."

"그러게."

"다래분식 없어졌나."

"어, 정말?"

"저기, 문구점 골목에서 내가 교통사고 당했잖아."

"자전거 타다가?"

"응. 오토바이랑 박고, 다리 부러지고, 엄마한테 욕 잔뜩 얻어먹고. 와, 실감이 안 난다."

"뭐가."

"여기서 6년을 생활했다는 게."

정문이 있는 사거리 쪽으로 담장을 걸으며, 함께 간 정필이 내내 감탄했어. 바람이 조금 쌀쌀하지만 화창한 날이었어. 졸업하고 4년 만에 처음으로 모교 교정을 찾기에 더없이 좋은 날이었어.

"기분 어떠냐."

정필이 대뜸 물었어.

"기분은 무슨."

"설레겠다? 가슴 열나 두근거리겠다?"

"지랄 마."

"잘 해라. 괜히 헤매고 말 더듬고 그러지 말고."

"니 걱정이나 해."

"참 그렇지. 내 걱정이나 해야지. 수림이라고?"

"응."

"이쁠까? 응? 이쁠까?"

"내가 어떻게 알아."

"어떤 앨까. 긴장되네. …… 그런데 어딘 줄은 알아?"

"21세기 공인중계소 옆이라고 했어. 학교 앞 사거리에서 오
른편으로 가면 나온다던데."

"저기 같은데?"

설레지 않았어. 가슴 열나 두근거리지도 않았어. 기분 어떠
냐고 정필이 물었지만 한두 마디로 설명할 기분이 아니었어.
복잡했어. 엄청나게 복잡했어. 굳이 갖다 붙인다면 '두려움' 정
도가 적당하지 않을까.

오늘은 남미경을 만나는 날.

오늘은 남미경을 처음으로 만나는 날.

졸업하고 4년 만에 처음으로 역삼초등학교를 찾은 것은 학
교 근처에 있다는 영동돈까스 때문이었어. 수림이라는 애의
엄마가 운영하는 식당. 다음 달로 예정된 역삼초등학교 18기

첫 동창회가 열릴, 그럴 가능성이 현재로서는 가장 높은 장소. 나중에 혹시라도 차질이 생기지 않도록 말하자면 준비위원회 입장에서 사전 답사를 나선 셈이었어.

"여기 맞겠지?"

"맞겠지."

조심히 문을 밀고 들어서자 딸랑, 종소리가 울렸어. 테이블과 의자와 벽면 가득 청록색 옅은 파스텔 컬러. 훈훈한 실내 공기 속에 맛있는 음식 냄새가 솔솔 풍겨왔어. 저편 구석에 앉아 있던 이들이 우리를 알아보고 아는 체했어.

"안녕. 어서와."

남미경이 왼손을 팔랑팔랑 흔들었어. 올 굵은 니트 스웨터의 노란색이 화사했어. 남미경 맞은편, 출입구에서 등을 지고 있던 여자애도 우리를 향해 머쓱하게 손을 쳐들어보였어. 그러다 남미경과 시선을 마주치고는 후훗, 입을 가리고 웃었어.

오늘은 남미경을 처음으로 만나는 날.

난생처음 남미경을 좋아하게 된 이후, 난생처음 남미경을 만나는 날.

두려웠어. 도망가고 싶었어.

"잘 찾아왔구나."

"학교에서 금방이네."

"그렇다니까. 얘가 정필이?"

"응. 와보고 싶대서."

"잘 왔네. 반갑다."

"안녕."

"여기도 인사해. 수림이야. 송수림. 동덕여고 다니는."

"안녕."

"어, 안녕."

"한차연. 나 너 알아."

"…… 그래?"

"1학년 때 같은 반이었잖아. 문소라 선생님."

"아, 그랬나."

남미경과 나, 정필과 수림. 1996년에 역삼초등학교를 졸업하고 지금은 세진여고에, 상준고에, 동덕여고에 각각 재학 중인 동창 네 명이 마주 서서 부자연스러운 대화를 얼기설기 주고받았어. 그 와중에 정필의 얼굴이 조금씩 어두워지는 중이었어. 송수림 때문이었어. 엄청나게 키 크고 엄청나게 덩치 큰 송수림 때문이었어.

송수림만큼이나 덩치 큰 아주머니가 다가와 물통과 물잔을 테이블에 내려놓았어.

"초등학교 친구들이구나."

"안녕하세요."

"잘들 생겼네 아주."

그러자 남미경이 피식 웃었어. 왜 웃니?

"그래, 우리 가게에서 동창회를 하면 좋겠다고?"

"예, 가능하신가 싶어서요."

"안 될 거 없지. 좁고 보잘것없지만. 몇 명이나 모이니?"

"20명 정도 예상하고 있어요. 그보다 많이 오지는 않을 거예요."

"테이블 이렇게 저렇게 옮기면 대충 앉을 수 있겠다. 그런데 가게에서 따로 준비해줘야 할 게 있을까?"

송수림이 새침하게 자기 엄마의 말을 끊었어.

"엄마, 애네 배고프대요."

아줌마가 과장된 동작으로 손뼉을 짝짝짝.

"참, 아직 점심들도 안 먹었겠네. 조금만 기다려 아줌마가 맛있는 돈까스 정식 만들어줄게. 먹고 나서 이야기하자."

"……예."

남미경 옆에 송수림, 송수림 앞에 박정필, 박정필 옆에 나, 내 옆에 다시 남미경. 네모난 나무 테이블에 그렇게 빙 둘러 마주 앉았는데, 분위기 이상하더군. 화기애애한 게 아니라 좀 웃기더군. 남미경도 그렇게 생각하는 것 같더군. 네 개의 플라스틱 컵에 물을 따라서 차례로 돌리며 피식 웃더군.

"뭐야, 분위기 왜 이래? 소개팅 자리도 아니고."

송수림이 큭큭 소리 내어 웃었어. 정필도 어둡던 얼굴을 펴고 피식 웃었어. 하지만 나는 그럴 수 없었어. 소개팅, 이라는 단어 때문이었어.

21. '우리'라는 말

결과적으로 나쁘지 않은 토요일 오후였어. 아니야 썩 만족스러운 시간이었어. 수림이 엄마가 만들어주신 돈까스 정식, 양도 완전 많고 맛있었어. 동창회 때는 식사 가격을 20프로로 할인해주고 과자며 음료 같은 걸 사와서 먹어도 된다고 흔쾌히 약속해주셨어. 더불어 그 시간에는 다른 손님을 받지 않을 테니 나중에 말끔히 원상복구 해놓는 조건으로 가게 안팎을 꾸며도 좋다고 허락하셨어. 4시 50분쯤 영동돈까스에서 나왔어. 수림은 가게 일 돕는다고 그곳에 남았고, 정필과 미경과 나만 인사를 드렸어.

"안녕히 계세요."

"그래, 다음에 보자."

"잘 가 미경아. 차연이랑 정필이도."

"수림이 안녕."

그새 저녁이 훌쩍 가까운 시간이었지. 다섯 시 반이면 날이

저무는 계절이었지. 아까보다는 더 쌀쌀해진 것 같았지. 하지만 추워서 움츠러들 정도는 아니었지. 학교 정문 쪽으로 셋이 함께 걸었지. 몇 시간 전, 반대 방향으로 이 길을 걷던 때의 두려움은 더 이상 나를 괴롭히지 않았지. 기분이 좋아지고 있었지. 앞으로 더 많은 일들이 더 좋은 쪽으로만 풀려나갈 것만 같았지.

어머님은 짜장면이 싫다고 하셨어
어머님은 짜장면이 싫다고 하셨어
야이야이야아아
그렇게 살아가고
그렇게 후회하고
눈물도 흘리고

좌회전 신호를 기다리며 멈춰선 빨간색 엘란트라에서 음악 소리가 쿵쿵 쿵쿵 들려오고 있었어. 그 곁을 지나가던 정필이 발작하듯 고래고래 god 노래를 따라 불렀어. 자기 집 술항아리 하나를 통째로 비운 것 같았어. 남미경이 웃었어. 해 저무는 학교 운동장. 배 나온 동네 아저씨들이 열심히 축구를 하고 있었어. 어린이보호구역 노란 표지판이 서 있는 어름에서 정필이 걸음을 멈추었어.

"갈게 나."

"어딜."

"어디는. 내 갈 길 간다."

메고 있던 배낭을 으쓱 고쳐 멨어.

"월요일에 보자. 남미경도 바이."

그러고는 뭐랄 새도 없이 휙 몸을 돌려 멀어지기 시작했어. 강남역 쪽으로. 그래, 저 정도 눈치는 있어줘야지. 정필과의 훈훈한 우정이 새롭게 싹트는 기분이었어. 곁에 선 남미경을 슬쩍 바라봤어. 똑바로 쳐다보지는 못하고, 눈치 못 채게 곁눈질로 슬쩍.

"가자 우리도."

남미경의 나직한 대사가 아프게 고막을 때렸어. 세상에 맙소사. 우리, 라는 말이 이렇게나 감동적인 단어였다니.

"넌 어디로 가?"

"나는,"

"난 학원 가야 하는데."

"아 미술학원. 그렇구나."

매주 화, 목, 토. 7시부터 9시까지. 나도 알아. 예전부터 알고 있었어.

"이야기 잘 된 거 같다. 그치?"

"맞아. 덕분에 동창회 비용 걱정도 크게 줄었어."

"그러게."

"니 덕분이야. 네가 수림이에게 말 잘해줘서."

"이제 대충 끝났네. 장소도 확정되고 인원도 정해지고."

"그런 셈이지."

동창회 안 해도 괜찮아. 솔직히 말해서 동창회, 별로 관심 없어. 너만 있으면 돼. 너만 만날 수 있다면.

"저어, 저번에…… 어땠니."

"저번에?"

"잘 만났냐고."

이 소중한 순간에 조금도 어울리지 않을 말을, 어렵게 괴롭게 꺼내고 말았어. 불쑥 꺼내야만 하는 내 심정이 어떠했을지, 따로 설명하지 않을래.

"아, 공대현?"

남미경의 입을 떠난 이름 석 자가 단단한 주먹이 되어 가슴을 마구 구타했어.

"…… 그냥 그랬지 뭐."

"……"

"한 시간쯤 같이 있다가 헤어졌어."

"그랬구나."

"그 뒤로도 전화가 세 번인가 왔는데, 내가 바쁘다고 대충 얼버무렸어."

구타당한 가슴이 얼얼하게 아파왔어. 맙소사 한 시간이나 같이 있었구나. 그날 이후로 곤혹스러운 전화를 세 번이나 받았구나. 네가 고생이 많았구나. 내가 죽을죄를 졌구나.

"솔직히 말해도 돼?"

"응? 어, 그럼."

"딱 만나자마자, 그때부터 여러 가지 생각이 들었어."

"……"

"궁금했어. 한차연이 얘를 왜 소개해줬을까. 도대체 무슨 생각이었을까. 솔직히, 별로 멋진 애도 아니고 나랑 말이 잘 통하

145

는, 그럴 만한 애도 아닌 거 같은데. 그걸 몰랐을까."

힐끔 남미경을 바라보았어. 화가 난 것 같지는 않았어.

"미안. 내가 할 말이 없다."

"하여간 그랬어. 물어보니까 대답하는 거야."

"어쨌거나 미안하게 됐어."

"미안하긴. 그런데 너, 이 이야기 공대현한테 하면 안 된다. 알았지?"

"물론이지."

"그만하자. 더 이야기하고 싶지 않아."

어쨌거나 미안해. 정말 미안해. 그런 새끼를 너한테 소개시켜주다니. 감히 그런 짓을 하다니. 하지만 이해해줘. 나라고 좋아서 그랬던 건 절대 아니야. 게다가 그때만 해도, 너를 향한 내 마음을 미처 깨닫기 직전이었다고.

그나저나 대현이 새끼가 눈치 없이 굴었구나. 상대방의 싫은 내색 따위는 모른 채, 자꾸 만나자고 못살게 군 모양이구나. 짜증났겠구나. 조금만 참아줘. 내가 다 해결할게. 내가 다 책임질게. 머지않아 녀석을 따끔하게 혼내줄게. 다시는 네 근처에도 접근 못하도록 주저앉힐게. 남을 괴롭게 하면 그 몇 배로 자기 자신이 괴로워진다는 진리를 단단히 깨닫도록 해줄게.

참고로 이건 사적인 복수가 아니야. 모두를 위한 정의의 실현이야. 공대현이 쓰러지기를 원하는 사람들이 우리 학교에만 천이백 명이 넘거든. 이런 이야기, 솔직히 털어놓지 못해 미안해. 아직은 때가 아니라서 그래. 언젠가 속 시원히 해명하고 용서를 구할 날이 있겠지. 바로 그날, 내가 너에게 갈게. 지금보다 더 가까이 다가갈게. 내 진짜 마음을 진짜 많이 너에게 보여줄게.

걷다 보니 어느새 도곡사거리를 지나 세브란스병원 앞이었어. 횡단보도와 신호등과 아파트 불빛 가득한 아스팔트 숲길. 버스 세 정거장 거리를 걸어왔지만 걸은 것 같지도 않았어.

"정말 버스 안 타?"

"걸어가려고."

"아직 멀었는데."

"돈까스 너무 많이 먹었어. 운동 좀 해야 해."

운동 좀 해야 해. 별것도 아닌 말이 왜 이렇게 귀여울까. 종알거리는 입술 모양은 또 왜 이렇게 귀여울까.

"집이 이쪽이라고 했지?"

"응."

"그럼 나 갈게. 나중에 봐. 다음 달에."

"…… 같이 가자."

"어딜."

"은마아파트 상가까지 바래다줄게."

"됐어. 너무 멀어."

"멀긴. 너도 걸어갈 거잖아."

남미경의 얼굴 위에 아주 약간 난처한 기색이 꽃비처럼 살랑살랑.

"나도 운동 좀 해야 하거든. 가자. 늦겠다."

22. 그때 나한테 왜 그랬어?

오던 길을 따라 단대부고 쪽으로 직진하려다, 순간 마음을 바꿔 오른편 길을 택했어. 그리하여 매봉터널 쪽으로 걸음을 옮겼어. 날은 완전히 저물었고 불빛 가득한 아스팔트 숲길에는 11월 바람이 쌀쌀했어.

차들이 쌩쌩 질주하는 매봉터널. 공기 탁한 터널 보행로를 함께 걸었어. 너무 좁아서 나란히 걷지는 못하고, 내가 반 발짝쯤 앞서고 남미경이 그 뒤를 바싹 따랐어.

"이 길 처음 와본다!"

뒤에 선 남미경이, 찻소리가 무척 시끄러웠으므로, 외치듯 말했어. 그래서 나도 외쳤어.

"난 가끔 와! 재미있잖아!"

"혼자 다니면 무섭겠다!"

앰뷸런스 한 대가 요란한 사이렌을 울리며 우리 곁을 지나쳐갔어. 그래서 내가 더 큰 소리로 대꾸했어.

"무섭기는!"

터널을 빠져나와, 숙명여고 쪽으로 사거리를 건넜어. 토요일 저녁 남부순환로는 대체로 황량했어. 8차선 도로 위에는 차량들이 가득하지만 오고가는 사람은 드물었어. 하지만 혼자가 아니라 다행이었어. 언제던가 밤새도록 누군가와 함께 걷던 그 숲길. 담양 메타세콰이어길을 닮은, 경주 수목원 산책길을 닮은, 선정릉 숲길을 닮은, 그 길이 혹시 주말 저녁 황량한 남부순환로 아니었을까.

"서양화 공부, 잘 돼?"

"공부 아니야. 그냥 그리는 거야. 배우면서."

"그게 공부잖아."

"글쎄. 모르겠네."

"부럽다."

"뭐가."

"꿈이 있잖아 너는. 하고 싶은 게."

"하고 싶은 게 있으면 뭐해. 결국은 포기하게 될 텐데. 언젠가는."

"왜 그렇게 생각해?"

"몰라. 별로 자신이 없어. 지금은 그냥 좋아서, 멈출 수가 없어서, 그렇게 가는 중이야. 되는 대로."

대치동 우체국 앞길. 환하게 불 밝힌 편의점 앞에서 남미경이 걸음을 멈추었어.

"다리 안 아파?"

"에이, 이 정도야."

"아이스크림 먹자."

"아이스크림?"

"사줄게."

냉동고 앞에 머리를 맞대고 가득 쌓인 아이스크림들을 뒤적뒤적, 신중하게 두 개를 골랐어. 껍질을 벗기고 한 입 깨물자 아삭아삭 초콜릿 덮인 민트 아이스크림의 향이 입안에 화아 번지는데, 별안간 가슴 아팠어. 벅차도록 가슴 저렸어. 뭐랄까. 물속에 벌렁 드러누운 기분이었어. 공중목욕탕처럼 뜨겁지도 수영장처럼 차갑지도 않은 물속에 3분의 2 정도 잠긴 채, 언제 물 밖으로 나가야 되나 걱정 같은 것은 할 필요 없는 상태에서, 천천히 물장구를 치며 둥둥 떠다니는 기분이었어.

무척 더운 여름날, 분위기 좋은 식당의 2층 창가 자리에 앉아 맛있는 음식들을 이것저것 주문한 뒤 얼음물을 한 모금 마시며 창밖의 거리 풍경을 느긋하게 내려다보는 기분이었어. 뭐랄까. 손에 들기에도 조심스러운 작은 아기 고양이를 품에 안고, 한 손으로는 잔등을 쓰다듬고 한 손으로는 턱밑에서 기분 좋게 골골, 골골, 하는 소리를 느끼는 기분이었어. 뭐랄까. 가슴속 어딘가에 뭉게뭉게, 연기이기도 하고 수증기이기도 한 뭔가가 피어오르는 기분이었어. 너무 깊은 곳도 너무 얕은 곳도 아니고, 명치 안쪽 3~4센티미터쯤 될 어름에, 달콤하고 부드럽고 따뜻한 기운이 잔잔히 번지는 기분이었어.

"물어보고 싶은 거 있어."

남미경이 아이스크림 가장자리를 헛바닥으로 핥았어.

"전부터 되게 궁금했던 거야. 진짜로."

"그럼 진작 물어보지 그랬어. 뭔지는 모르지만."

"비웃을까 봐. 바보 같다고 할까 봐."

"뭔데? 궁금하다."

"너 있잖아, 그때……."

묘하게 웃음기 섞인 눈빛.

"그때, 나한테 왜 먹물 칠했어?"

"어."

맙소사 그해 가을, 4학년 2학기. 서예 수업이 끝난 3교시. 교실에 은은하던 먹 향기. 벼루와 붓을 들고 부랴부랴 쫓아간 화장실에서 우연히 마주친 얼굴. 그리고 안녕, 나직한 인사. 하얀 옷소매에 충동적으로 먹물을 슥. 순간 새카맣게 더럽혀진 옷소매와 이내 흑흑 소리 죽인 흐느낌. 복도 한가득 다급하게 멀어져가는 발소리.

"그거, 기억하고 있구나."

"기억하다마다. 그걸 말이라고 해?"

"아이고 참."

"내가 그때 얼마나 충격을 받았는데. 어린 마음에 얼마나 무섭고 슬프고 어이가 없었는데."

"히히."

"왜 그랬지? 갑자기 나한테 왜 그랬지? 말다툼하다 그런 것도 아니고. 마주치자마자 느닷없이 슥. 장난이라기엔 너무 심하잖아. 이게 도대체 뭐람? 쟤, 정신이 어떻게 된 앤가?"

"미안해. 지금이라도 사과할게."

"아이 참. 사과를 받자는 게 아니라, 나 정말 궁금해. 아직까지 궁금하다고. 얼마 전에 우연히 너 만났을 때도, 단박에 그 생각이 났다니까."

그러게 말이야. 내가 왜 그랬을까. 그때 갑자기 왜 그랬을까. 나도 잘 모르겠네. 아닌 게 아니라 정신이 어떻게 된 게 아니었을까. 하지만 너무 억울해 하지 마. 너도 똑같은 방식으로 나한테 복수했잖아. 끝없이 이어지던 그 길을 걷다 말고, 나뭇가지를 먹물 가득 머금은 서예 붓으로 바꾸는 마법까지 선보이면서.

"그때 왜 그랬어? 응? 갑자기……. 야, 계속 웃기만 할 거야?"

남미경을 지금보다 더 많이 알고 싶다.
남미경을 지금보다 더 깊이 이해하고 싶다.

느닷없는 의욕이 가슴 뻐근하게 부풀어 오르는 중이었어.

23. 불쌍한 재욱

11월 첫날부터 학교 안팎을 왈칵 발칵 뒤집어놓았던 성명서인지 유인물인지 사건의 주동자들이 드디어 붙잡혔어. 학교로서는 희소식이었고 학생들로서는 또 다른 의미의 희소식이었어. 느닷없이 엄습한 빙하기처럼 고달파진 학교생활이, 맹추위가, 그로 인해 조금은 풀릴 터였어.

예상대로 2학년 선배들이었어. 3반 두 명 7반 한 명.

1학년 때 같은 반이던 친구들로 세 명 모두 전교 10등 안에 들 만큼 공부 잘 하는 형들이라더군. 심문(?)이 시작되자 범행 일체를 순순히 자백했다더군. 학교의 오늘을 위하고 학생들의 내일을 위하는 마음으로 그랬다더군. 정의가 승리하기를 바라는 심정이었다더군. 학교 밖으로 공론화되길 기대했건만 '현실의 벽이 너무 높았음'을 깨달았다더군. 어떠한 처벌도 달게 받겠지만 자신들이 한 일을 후회하고 싶지는 않더라고 의연하게 밝혔다더군.

"정학 맞겠지. 좆나게 얻어터진 다음에."

"퇴학 아니고?"

"퇴학까지야."

"모르는 소리. '교육상 학칙에 위배되는 행위'로 학교장이 판단했다고 하면 그만이야. 코에 걸면 코걸이 몰라?"

"전학을 가든가 하겠지. 공부도 꽤 잘 하는 선배들이라던데."

"어쨌거나 존경스럽다. 공부 잘 하는 인간들은 뭐가 달라도 다르다니까."

"이 새끼 이거 차별성 발언 좀 봐."

"뭐야?"

"공부 못 하는 놈들은 뭐가 달라도 다르다. 그거랑 같은 논리잖아."

"열등감 있냐. 한심한 아상 새끼."

"뭐 아상? 아침부터 뒈지게 맞아볼래?"

"학교를 위해서 동료 학생들을 위해서, 넌 한 번이라도 그런 용기를 내본 적 있냐? 인정할 건 인정해야지."

"글쎄 그건 인정하는데, 그게 공부 잘 하는 거랑 무슨 상관이냐고."

"성명서 가지고 다니다가 걸린 애들이 더 불쌍해."

"1학년들이 가장 많다며? 서른 명 가까이 된다던데."

"재수도 없지. 주동자랑 똑같은 대접을 받는다고 하니."

예의 소문이 내게는 그저 소문이 아니었어. 눈으로 직접 보고 귀로 직접 들은 역사의 현장이었어. 아까 4교시 시작했을 때, 물리 선생 심부름으로 학습지를 가지러 갔었거든. 교무실에 가려는데 웬걸 1층 복도에 난리굿이 한창이더라고. 서른 명 넘는 학생들이 일렬로 엎드려뻗쳐를 하고 있고, 누군가 그 사이를 헤집고 다니며 열정적으로 대걸레봉 아닌 사랑의 매를 휘두르더라고. 퍽퍽 살벌한 타작 소리가 이어지고, 얻어맞은 애들이 바닥을 데굴데굴 구르다가 다시 힘겹게 파들파들 엎드려뻗쳐 자세를 취하고.

그 속에 내가 아는 사람도 한 명 있더라고. 그 애와 잠깐 눈이 마주쳤지만 피차 반갑게 아는 척을 할 수가 없더라고. 그런가 하면 말린 생선들처럼 줄줄이 엎드려뻗친 이들 곁에 마치 작은 섬처럼 외따로이, 무릎 꿇고 양손 번쩍 쳐든 이들이 있더라고. 모두 세 명이더라고. 입에 웬 종이를 한 장씩 물고 있더라고. "너 뭐야 인마, 빨리 수업이나 들어가!" 넋 놓고 구경하다가, 어느 선생님의 질타에 그 자리를 도망치고 말았지.

그랬구나.

바로 그 장면이었구나.

복도에 줄줄이 엎드려뻗쳐를 하고 있던 이들은, 그래, 대개 1학년들이었어. 지난주 월요일에 학교 여기저기 뿌려진 유인물을, 학교 측의 경고가 있었음에도 몰래 소지하고 있다가 재수 없게 걸린 아이들. 그 풍경 옆에 외따로이 무릎 꿇고 벌을 서던 세 명은, 그래, 바로 그 2학년들이었어. 귀신 말마따나 '대단히 악질적인 내용의 괴문서 전단'을 써서 학교에 돌린 '비양심적이며 비겁한' 선배들이었어.

"내가 봤어."

아이들이 시선이 일제히 나를 향했어.

"아까 교무실 복도에서, 상춘만이 애들 엎어놓고는 닥치는 대로 빠따질을 하더라고. 주동자 2학년들은 그 옆에서 무릎 꿇고 손 들고. 성명서를 입에 물고."

"오, 정말?"

"그렇다니까."

"으아 심하다."

"뭐가 심한데."

"주동자들은 벌세우고 조무래기들은 두드려패고. 완전 거꾸로잖아."

"뭐가 거꾸로야 당연한 거지. 뉴스도 안 보냐."

"응?"

"국회의원 장관 대기업 회장 같은 작자들이 벌 받는 거 봤어? 구속되고. 유죄 받고. 실형 살고. 그건 죄다 조무래기 잔챙이들의 몫이잖아. 그게 세상 돌아가는 방식이야."

"아상 같은 소리."

"그게 어째서 아상 같은 소린데."

"학교의 오늘을 위하고 학생들의 내일을 위하는 마음으로 성명서를 뿌린 2학년들이, 그럼 신문에 나오는 거물급 나쁜 놈들이란 말이냐? 그 마음을 함께하기 위해 몰래 성명서를 간직하고 있다가 걸린 애들이, 그럼 조무래기 잔챙이 범죄자란 말이냐?"

"말이 그렇다는 거지. 따지긴."

"어쨌거나 오늘 우리 좆됐다. 귀신 완전 열 받았더라고."

"재욱이 때문에?"

"아이고 불쌍해라 우리 부반장."

"야 쉬쉬! 저기 재욱이 온다."

아까 교무실 복도에서 말린 생선들처럼 엎드려뻗쳐 있던 이들 가운데 한 명, 한순간 눈이 마주쳤지만 아는 척을 할 수 없었던 그 애가 바로 재욱이었어. 검은 테 안경 너머 서글서글한 눈매. 늘 조용하고 착하고 가끔은 웃긴 말도 잘 하는 재욱이. 어쩌다 그랬을까. 지난번에 담임에게 성명서 제출하던 모습을 분명히 봤는데. 여러 장을 가지고 있었던 건가? 그에 대해, 결국 재욱이에게 묻지 못했어. 그럴 수가 없었어. 그 자리에서 함께 말린 생선이 되지 못한 내 입장이 미안할 뿐이었어.

"그런데 좀 이상하지 않냐."

"뭐가."

"걔네들, 어쩌다가 걸렸을까? 성명서 가지고 있던 애들 말이야."

"…… 그러게."

"불시 소지품 검사 같은 거, 최근에 한 적 없었잖아. 몇 반 어떤 애가 유인물을 가지고 있었는지, 학교에서 그걸 다 어떻게 파악했겠냐는 거지. 1학년만 서른두 명인가 걸렸다는데."

"유인물이 뭐야, 성명서!"

"또 따진다 또."

24. 역습의 시작

방과 후 5시 10분.

방배동 새강남빌딩. 지하 1층 제임스 딘 노래연습장.

남진철 이승호를 다시 만났어. 노래방의 기린 소년 지요한까지, 우리 넷 외에는 세상 누구도 알지 못할 거사를 논하기 위해서였어.

"이번 주 목요일이다."

빈 컵라면 용기에 꽁초를 튕겨 넣은 진철이 후우, 회색 연기를 내뱉었어.

"신속하게, 철저하게, 완벽하게 뭉개버린다. 목표는 하나. 쓰레기 처리."

비장한 얼굴이었어. 한겨울 만주행을 앞둔 비밀열사 같았어.

"목요일? 우리 셋이서?"

"넷. 요한이까지."

늘 그렇게 안색 허여멀건 요한이 쟁반 위에 빈 컵라면 용기와 나무젓가락을 주워 담는 중이었어. 셋이나 넷이나 마찬가지. 유난히 긴 모가지에 유난히 좁게 구부러진 어깨. 쟤 정도는 나 같은 놈이 한 대만 때려도 바로 기절할 것 같은데.

"두렵냐?"

진철이 나를 바라보았어. 곁에 앉은 승호가 진철과 나를 번갈아 바라보았어. 힘차게 고개를 저었어. 과연 내가 두려운가 성찰해볼 새도 없이.

"아니."

"두려워도 괜찮아. 두려움은 부끄러운 게 아냐. 오히려 침착하게 신중하게 일을 처리하도록 도와주는 감정이지."

"두렵지 않다고."

"나 남진철이다. 요즘은 공부한답시고 찌리처럼 찌그러져 있는 신세지만, 남진철 어디 안 갔다. 알아?"

"……."

"더 이상 기다릴 수 없다. 더 이상 참고 봐줄 수 없다. 우리들의 무기력한 침묵 속에서 공대현 새끼, 이제 감당하기 힘든 괴물이 되고 있다."

감당하기 힘든 괴물, 을, 과연 우리가, 감당할 수 있을까?

"오늘 그 이야기 알지? 성명서 쓴 2학년들이랑 그거 가지고 있던 1학년들 한꺼번에 적발된 거."

"알지."

"공대현이 새끼가 거기에도 엮여 있다던데."

"맙소사 정말?"

"나도 들은 이야기야. 그런데 상당히 신빙성 있어."

지난주 금요일이었다는군. 1학년 6반이었고 5교시 체육시간이었다는군. 용호라는 애가 체육 선생 심부름으로 중간에 뭘 가지러 교실에 들어왔는데, 텅 비어 있어야 할 거기에 누군가 있더라는군. 용호도 놀라고 그 누군가 역시 크게 놀라는 기색이었다는군.

-입 다물고 있어라.

부지런히 열심히 책상을 뒤지고 다니던 누군가 근엄하게 속삭였다는군.

-여기서 나 봤다는 이야기가 혹시라도 퍼져나가면, 그땐 너도 죽고 나도 죽는 거야. 알았냐?

-…….

-알았냐고 새끼야.

-어, 예.

가련한 용호가 새파랗게 질려서 고개를 끄덕였다는군. 누군가 엄지와 검지를 입술 끝에 가져가 주르륵, 지퍼 채우는 시늉을 해 보이고는 뒷문으로 유유히 사라졌다는군. 결론적으로 용호는 매우 용감한 선택을 해준 셈이더군. 덕분에 사건의 전말이 진철을 거쳐 내 귀에까지 들어오게 되었으니.

"그럼 뭐야, 공대현이 반마다 몰래 돌아다니며 애들 소지품을 뒤졌단 말이야? 성명서 가지고 다니는 애들을 색출하기 위해서?"

"1학년 중에 서른두 명이 걸렸고 6반에서만 무려 일곱 명이 포함됐어. 소지품 검사 같은 건 한 적도 없는데, 어떻게 그럴 수 있었겠냐. 공대현 짓이야. 그것 말고 달리 추측할 거리가 있어?"

"학교로부터 그런 지시를 받은 건가?"

"거래를 했든 지시를 주고받았든. 시간이 남아돌아서 그런 프락치 짓을 하지는 않았겠지."

"와아 정말……."

진정 할 말이 없더라고. 속이 쓰리더라고. 분노를 넘어서는 서글픔 같은 게 울컥 북받쳐 오르더라고.

"그런데, 그러면, 어떻게 할 거야?"

"뭘 어떻게."

"공대현 말이야. 덮칠 거야? 우르르?"

"쪽팔리게 우르르 덮치긴. 그럴 바에야 다이다이 붙고 말지."

"…… 그럴 거야?"

"뭘 그래."

"싸울 거냐고."

"아니."

진철이 고개를 저었어.

"안 그럴 거야. 귀찮으니까. 졸라게 패서 목적을 이룬다 해도, 이후로 귀찮은 일들이 줄줄 이어질 테니까. 하지만 난 평범하게 살고 싶으니까. 공부해서 대학 갈 거니까."

승호가 가방에서 부스럭부스럭 뭔가를 꺼내놓았어. 휴대용 카세트테이프 플레이어 비슷하게 생긴, 올리브색 네모난 물건.

"디카라는 거야. 들어봤지?"

승호의 눈빛이 반짝반짝, 박제 호랑이의 그것처럼 빛났어.

"필름을 넣을 필요도 없고 현상소에 사진을 맡길 필요도 없는 카메라야. 찍은 영상을 메모리카드라는 데에 저장했다가 컴퓨터에 연결해서 아무 때나 볼 수 있고 얼마든지 출력도 할 수 있고."

"나도 들어봤어."

"이게 우리 무기다. 이걸로 공대현이 개자식을 꼼짝 못하게 해줄 거다. 두고 보면 알아."

남진철이 내 어깨에 손을 올려놓았어.

"그러려면, 차연 네 역할이 아주 중요해."

"내 역할이라."

"그래. 너만이 할 수 있는 역할."

공부도, 운동도, 싸움도, 외모도, 뭐 하나 남다른 것 없이 어영부영 되는대로 살아온 17년 인생. 그 앞에, 턱없이 드높은 도전의 벽이 가로놓이는 순간이었어. 그 벽 한가운데 검은 철문이 웅장하게 드러나는 순간이었어. 그 문이 묵직한 쇳소리를 내며 천천히 열리는 순간이었어. 어마어마한 사명감에 목이 콱 메는 순간이었어.

25. 남미경이 울더군. 하염없이

7시 20분. 집에 와보니 저녁 준비가 한참이었지. 생선찌개 냄새가 온 마루에 진동하고, 상 위에는 휴대용 가스버너가 놓였으며, 그 옆에 씻어놓은 상추들이 수북하게 쌓여 있었지.

"왜 또 늦었니."

주방과 거실을 바삐 오가던 엄마의 눈에서 지지직, 레이저가 발사되었지.

"금방 고2 될 놈이 하여튼 천하태평. 어서 옷 갈아입고 밥 먹을 준비해. 삼겹살 먹을 거니까 손 깨끗하게 씻고."

"손님 와요?"

"오늘 아빠 오시는 날이잖아."

"아참."

마침 욕실 문이 열리고 러닝셔츠 차림의 아버지가 수건으로 젖은 머리를 털며 나왔어. 한 달 만에 만나는 얼굴.

"여, 아들."

"아버지 오셨어요."

"그래 잘 다녀왔다. 넌 어때. 학교 다닐 만해? 공부 잘 되고?"

"예. 그럭저럭요."

그럭저럭 좋아하네……. 엄마의 구시렁구시렁 잔소리가 환풍기 소음에 묻히는 중.

"그런데 너, 표정이 왜 그래. 시무룩해서."

"아무렇지도 않은데요."

"뭐 안 좋은 일 있어? 누구랑 싸웠어?"

"아니에요. 좀 졸려서."

"자식이 졸리기는……. 어서 씻고 와. 밥 먹자. 어, 배고프네. 여보, 맥주 차갑게 해놓은 거 있어?"

간만에 아버지까지 가족 모두가 함께하는 저녁 밥상. 지글지글 삼겹살 파티. 맥주 몇 잔에 즐거워진 아버지와 형의 목소리가 조금씩 커지고, 고기 굽는 연기가 마루에 자욱하게 차올랐어. 그러나 조금도 즐겁지 않았어. 제임스 딘 노래방에서 얻어먹은 컵라면 때문인지 속이 더부룩 답답했어. 하지만 열심히 먹는 척을 했어. 왜 안 먹고 그래. 밖에서 뭐 먹고 왔어? 같은 소리가 듣기 싫었어. 나만의 걱정과 염려를 상추에 크게 쌈 싸서 입안에 꾸역꾸역 쑤셔넣었어.

머릿속이 복잡했어. '생각' 때문이었어. 집에 와서도 예의 '생각'으로부터 도망갈 수 없는 때문이었어.

잘 할 수 있을까.

내가 잘 해낼 수 있을까.

혼란스러웠어. 가족들에게 털어놓고 도움을 구할 내용이 아니었어. 오히려 그러한 속내를 들키지 않도록 조심해야 할 입장이었어.

'목요일 5시 30분이다. 제임스 딘으로 공대현을 데려와. 여기 2번 방으로. 너라면 별다른 의심을 하지 않을 거야. 뭐, 필요하다면 남미경 핑계를 대도 좋겠지.'

'9반 정민규. 10반 고태훈. 공대현 곁을 그림자처럼 붙어 다니는 따까리 새끼들 알지? 두 명 모두를 따돌릴 수 있는 게 바로 목요일 그 시간대야. 한 놈은 일주일에 한 번 권투장에 다니고, 다른 놈도 사촌형 술집에 일 도와주러 간다더라.'

'차연이 네 역할은 딱 거기까지야. 나머지는 우리가 알아서 할게. 그러니 잘 좀 해. 쫄지 말고. 자연스럽게. 너 때문에 처음부터 일이 어긋나서는 안 되니까.'

남진철과 이승호의 목소리가 시종 번갈아서 귓가에 앵앵거렸어. 여름밤 모기 소리처럼 성가셨어. 내 귓가에만 들려오는 여름밤의 모기 소리처럼 괴로웠어. 내 역할. 나만이 할 수 있는 역할. 쉽지 않구나. 재차 한숨에 새나오려는 것을 상추쌈으로 애써 틀어막았어.

남미경이 울더군.

하염없이 울더군.

우는 것밖에는 달리 할 일이 없는 사람처럼, 울기 위해서 나를 찾아온 사람처럼, 내내 훌쩍훌쩍 울기만 하더군. 휴지로 코를 팽 풀고는 빨개진 코끝을 손가락으로 문지르더군. 그러더니 울음 섞인 목소리로 웅얼거리더군.

"몰랐어. 차연이 니가 그렇게 힘들어하는지, 정말 몰랐어."

그러고는 다시 흑흑, 어깨를 떨더군. 가슴이 미어지더군. 안아주고 싶더군. 다정히 어깨를 두드려주고 싶더군. 그로 인해 남미경의 눈물을 멈추게 할 수 있다면, 가슴 깊이 안긴 그녀의 이마에 입을 맞추어도 좋을 것 같더군. 사랑스러운 그녀의 정수리 냄새에 아찔하게 취해도 좋을 것 같더군.

"울지 마. 제발 부탁이야. 울지 좀 마."

"……."

"나 괜찮아. 아무렇지도 않아. 정말이야. 그러니 이제 그만 울어."

"…… 거짓말."

"거짓말 아닌데."

"속이려고 하지 마. 다 알아. 공대현 때문에 너 힘들잖아. 그 나쁜 놈 때문에 하루도 마음 편할 날이 없잖아. 안 그래?"

"미경아."

남미경을 미경아, 라고 부를 수 있다니. 세상에 이런 날이 다 있다니.

"그렇지 않아. 네가 뭘 잘못 알고 있는 거야. 공대현 때문이 아니야. 사실은…… 나 때문이야."

"너 때문이라고?"

"그래. 내 두려움 때문이야. 내 혼란 때문이야."

남미경의 얼굴에 손을 가져갔어. 눈가에 번진 눈물을 엄지로 가만가만 닦아주었어.

"공대현 때문에 죽겠어. 그 나쁜 자식 때문에 괴로워 죽겠어."

"아. 공대현. 아아."

"나 어떡하면 좋아, 응?"

다시금 울먹울먹.

"공대현, 자꾸 못살게 굴어. 자꾸 전화하고 자꾸 집 앞까지 찾아와. 아무리 싫다고 해도 자꾸 내 말을 무시해."

"그랬구나. 그런 일이 있었구나."

"처음에는 싫다가, 귀찮다가, 짜증이 나다가, 이제는 무서워. 지긋지긋해. 그 이름 그 얼굴을 생각만 해도 끔찍해. 도망가고 싶어. 걔가 없는 세상으로 도망치고 싶어. 하지만…… 그게 영영 불가능할 것만 같아. 그래서 숨이 다 막혀."

가슴이 아팠어. 정말이지 가슴이 아팠어.

"미안해. 내 잘못이야. 모두 내 책임이야."

남미경의 손을 잡았어. 두 손으로 두 손을 꼭 움켜쥐었어.

"하지만 이제 걱정 마. 내가 지켜줄게. 내가 다 해결해줄게. 내 말, 듣고 있어?"

며칠 후 제임스 딘에서의 거사에 대해 이야기할까 하다 꾹 참았어. 그게 남미경을 안심시켜줄지 더욱 큰 불안감을 가져다줄지, 확신이 서지 않았거든.

"공대현이 네 곁에서 얼쩡대는, 그런 일이 절대 없도록 할게. 앞으로 다시는 네 앞에 나타나서 귀찮게 구는 일이 없도록 할게. 내가 책임질게."

"…… 그럴 수 있겠어?"

"방법이 있어. 지금은 자세히 말할 수 없지만, 어쨌거나 걱정 마. 나만 믿어. 내 말만 믿어."

거기서 문득 잠 깼어.

어두운 방 안.

꿈이구나.

이상한 꿈이구나. 거 참 이상야릇한 연속극 같은 꿈이구나. 남미경이 등장하는 꿈. 그럼에도 조금도 가슴 설레거나 행복해지지 않는 꿈.

이불을 걷고 앉아 멍히 눈만 껌벅였어. 그러다가 시간을 확인했어.

새벽 4시 10분.

방 안은 어둡고 조용했어. 꿈속에서 아스라이 건너온 감정들이 명치끝에 한가득 고여 바람도 없이 일렁이고 있었어.

벌써 화요일이구나.

목요일이 내일모레구나.

26. 촬영장의 구경꾼들

수요일.

6교시 지리 수업이 시작될 즈음이었어. 학교 분위기가 다시금 수상해지는 중이었어. 출처를 확인하기 힘든 소문들이 아이들의 입과 귀를 타고 발 빠르게 퍼져나가는 중이었어. 폭풍 전야. 보이지도 들리지도 않지만 피부로 실감할 수 있는 불안의 먹구름. 얼마 전부터 학교 안에 연쇄 폭발했던 일련의 사건들-돌연한 교육청 감사와 실망스럽도록 부실한 마무리와 교내에 뿌려진 수백 장의 성명서와 관련 학생들의 대대적인 색출 및 처별-로부터 이어지는. 이번에는 그 파장이 예전과 비교도 되지 않으리라는 이야기들이었어.

아나나 다를까, 수업 종 울리고 20분 만에 교실에 들어오는 이는 지리 선생이 아니었어.

"조용. 왜 이렇게 떠들어 이 새끼들."

높낮이가 거의 없는 목소리로 읊조린 귀신이 교실 안을 한 차례 둘러보았어.

"반장, 6교시 무슨 과목이야."

"한국지리요."

"지리 수업 없다."

"…… 예?"

"단축 수업이라고. 오늘은 여기까지."

아이들이 술렁이기 시작했어. 느닷없는 단축 수업이구나. 학교에 무슨 일이 있긴 있구나. 아무리 그래도 단축 수업이라니 이만저만 심각한 게 아닌 모양이구나. 우려와 기대감 뒤섞인 얼굴들 속에, 몇 시간 일찍 집에 가게 된 것이 그저 좋은 애들도 몇 보였어.

"담임이 너희들에게 당부한다."

거기서 말을 끊은 귀신이 이어질 말을 잠시 고민했어.

"너희들은 학생이다. 공부하는 학생. 배우는 학생. 그러니 부디 학생으로서 들어야 할 말만 듣고 학생으로서 해야 할 말만 하도록 해라. 학생으로서 생각해야 할 것들만 생각하고 고민하란 말이다."

오늘따라 귀신이 기운 빠진 귀신 같았어. 십자가나 염주 앞에 기죽은 귀신 같았어.

"학교에 무슨 일이 발생하건, 그게 소위 바람직한 일이건 그렇지 않건, 그건 학교의 일이고 학교가 알아서 해결할 일이다. 너희 학생들이 학교 일에 대해서 지나치게 과도한 관심을 가지면서 아까운 시간을 허비한다면 그것은 매우 잘못된 일이다. 특히나 학교 밖에 나가서 학교에 대해 이러쿵저러쿵 근거 없는 험담이나 과장된 소문을 퍼뜨리고 다닌다면, 그 화살이 결국은 여러분 자신에게 고스란히 돌아온다는 이치를 깊이 새기고 또한 명심해야 할 일이다. 무슨 이야기인지 이해하겠나?"

"…… 예."

"이 새끼들 대답 소리 좀 봐라. 어쨌거나 학교에 일이 생겨서, 그래서 오늘 하루 피치 못하게 단축 수업을 실시한다. 신났다고 싸돌아다니다가 학생과에 걸리지 말고, 얌전히 집에 돌아가서 자숙하는 마음으로 자습들 해라. 학교 일에 대해, 잘 알지도 못하면서 가족 친지들에게 이러쿵저러쿵 떠들지 말도록 해라. 학생의 본분을 잃지 말되, 학교의 구성원으로서 책임 있는 자세를 지키라는 이야기다. 다들 알아듣겠나?"

다른 날보다 두 시간 빨리 집에 가는 길. 발걸음이 조금도 가볍지 않았어. 뭔가 뒤숭숭했어. 종잡을 수 없는 나날이었어. 학교 안에서건 학교 밖에서건 우리들은 주연도 아니고 조연도 아니었어. 엑스트라보다는 관객에 가까웠어. 영화사 스텝보다는 촬영장의 구경꾼에 가까웠어. 그런가 하면 귀신의 말처럼 본분을 잊지 말되 구성원으로서 책임 있는 자세를 지켜야 할 신분이기도 했어.

도대체 학교가 어떻게 되는 거람.

도대체 세상이 어떻게 돌아가는 거람.

도대체 우리는 어떻게 살아야 하는 거람.

심난했어. 당장 내일이 목요일이었어. 목요일 오후 5시 30분. 방배동 제임스 딘 2번 방.

잘 해낼 수 있을까.

학교를 위해, 세상을 위해, 내게 주어진 역할을 이상 없이 완수할 수 있을까.

잠시 잊고 있던 혼란과 걱정이 다시금 스멀스멀 고개를 쳐드는 중이었어.

잘 해낼 수 있을까.

공대현 새끼를, 과연 그곳 지하 노래방까지 별 탈 없이 자연스럽게 끌고 올 수 있을까. 내 안에 가득한 초조와 불안이 얼굴 위에 고스란히 드러나지는 않을까. 평소의 나와는 뭔가 다른 기색으로 인해 뭔가를 번득 눈치 채지는 않을까.

잘 해낼 수 있을까.

어리둥절 노래방에 들어선 공대현이 으르렁 사나운 발톱을 드러내기 전에, 진철과 승호와 요한과 내가 틀림없이 놈을 제압할 수 있을까. 뜻하지 않은 의외의 상황이 발생하며 작전을 망치는 일이 발생하지는 않을까. 설령 성공한다 해도, 과연 그것으로 끝일까. 나중에 몇 배로 가혹한 보복이 이어지지 않을까. 후환이 두려워 잠 못 드는 밤들이 평생 계속되지 않을까.

나는 정말 겁이 많은 놈이구나. 쓸데없는 생각이 많은 놈이구나. 현실을 이겨내는 데 요만큼도 도움이 되지 않을 부정적 사고로 똘똘 뭉친 놈이구나. 바보구나. 바보새끼구나.

빌어먹을.

KBS 저녁 7시 뉴스.

사무실 같은 곳에 사람들이 가득 모여 있었어. 앉을 자리가 없어서 벽을 등지고 선 사람들도 적지 않았어. 카메라 플래시가 연신 터지고 있었어. 탁자 앞에 사람들이 나란히 앉아 있었어. 잔뜩 긴장한, 하나같이 결연한 얼굴들이었어. 그들을 둘러싼 나머지 사람들이 그들을 향해 쉴 새 없이 질문을 던지고, 수첩에 뭔가를 열심히 적는 중이었어. 개중 한 사람의 수첩이 화면 가득 클로즈업되는 중이었어. 찬조금 1인당 100,000원. 각 반 10명 내외. 자율학습 명목으로…… 등의 글자가 보이다가 화면이 바뀌는 중이었어. 뭔가 대단히 긴박하고 심각한 분위기였어.

"얘얘. 이거 니네 학교 이야기 아냐?"

엄마가 깜짝 놀란 얼굴이었어.

"그럴걸."

내가 대답했어.

"저 선생님 알아. 저기 왼쪽에 한국문학 선생님도."

그제야 뭔가 좀 정리되는 기분이었어. 저거였구나. 6교시 즈음부터 학교 안에 엄습하던 불안의 먹구름. 연쇄 폭발의 마지막 단계에 관한 우려스러운 예측들. 그 진원지가 바로 저쯤이었겠구나.

탁자 앞에 일렬로 앉은 사람들은 모두 학교 선생님들이었어. 오른쪽에서 두 번째, 1학년 9반 담임을 맡은 수학 나창욱 선생님. 맨 왼쪽, 단편소설집을 두 권인가 냈다는 소설가이자 한국문학 담당 오재진 선생님. 아는 사람들이 TV에 나온다는 게 이렇게나 기분 묘한 일이구나. 나머지도 성함은 모르지만 대체로 낯익은 선생님들이었어. 귀신의 얼굴은 보이지 않았어. 그럴밖에. 저 선생님들이 일시에 학교 밖으로 나와 강남경찰서

기자실에 찾아간 시간, 지리 선생 대신 교단에 선 귀신은 학생의 본분에 대해 연설을 쏟아내고 있었으니까.

"저게 도대체 무슨 일이래. 저 이야기들, 정말이냐? 응?"

엄마의 목소리가 점점 커졌어. 그럴수록 나는 점점 차분해졌어.

"정말이고말고."

"……너 괜찮니? 학교에서 별일 없었어? 맙소사 놀래라."

"괜찮아요. 엄마는 새삼스럽게."

27. 혁명전야

상준고 교사 7인 양심선언. 화면 아래 그런 헤드라인이 커다랗게 떠 있었어. 선생님 한 분이 마이크에 대고 웅얼웅얼, 이른바 '양심선언' 중이었어.

"영어 채점을 하고 있는데 교감과 학년 주임이 찾아왔어요. 어느 학생의 점수를 31점에서 34점으로 고치라고, 그래야 수를 받을 것 아니냐고 강요했어요. 알고 보니 아버지가 김포 세관 간부라는……."

이야기를 이어가던 선생님이 온 얼굴을 찡그리며 흐느꼈어. 덩달아 입 모양이 일그러지며 발음이 흐트러졌어. 그러나 선생님은 멈추지 않았어.

"제가 했습니다. 바로 제가 했어요. ……한두 건이 아닙니다."

화면이 바뀌며 몹시 익숙한 장면이 나타났어. 학교 운동장 서쪽에서 바라보는 본관 풍경이었어. 그곳을 배경으로 선 기자의 열띤 코멘트가 이어지고 있었어.

교사들의 주장에 따르면, 학교는 교장의 지시에 따라 학급당 2~5백만 원씩 지금까지 16억 원을 거뒀으며, 보충수업비를 다른 학교보다 몇 배 높게 책정하고 일부 졸업생들로부터 거액을 받아내기도 했다고 합니다. 한편 상준고 상 교장은 이와 관련해, 지금까지 학부모들로부터 찬조금을 받거나 내신성적을 상향조정한 일이 전혀 없다며……

엄마는 끝내 할 말을 잃었고, 내 머릿속에는 사뭇 안쓰러운 사자성어들이 날벌레처럼 설치는 중이었어. 이란격석. 배수거신. 당랑거철. 저 선생님들도 지금 세상에 맞서는 중일까. 바위 같고 활활 불타오르는 수레와 같은 세상에 맞서, 누구 말처럼 제 분수를 모르고 날뛰는 중일까. 그렇다면 끝까지 지켜보지 않아도, 그 결과가 계란과 사마귀의 최후만큼이나 빤하지 않을까.

-혁명 전야! 와, 내가 미친다.

"내일, 무슨 일이 벌어지기는 하려나? 정말?"

9시 뉴스에서도 톱뉴스로 '상준고 교사 양심선언'이 다뤄지고 있었어. 그즈음 나를 찾는 전화가 걸려왔어. 정필이었어.

-당연한 거 아냐? 일단 학교에서 시작하고, 교문 나서서 서초동 법원과 경찰청까지 가두시위하기로 했다. 애들 모여서 피

켓 만든다고 오라는 거, 가려다 말았다니까.

"늘 소문만 무성하고 정작 때가 되면 흐지부지 별일 없었잖아. 내일도 그렇게 되지 않나 싶어서."

―하여튼 부정적인 새끼. 그나저나 뉴스에 나온 선생님들 가운데 2학년 3반 7반 담임 있었던 거 아냐?

"3반 7반?"

―응.

"선언문 썼던 2학년 선배들 있던 반?"

―그렇다니까.

"우연의 일치는 아니겠고. 자기 반 학생들의 용기 있는 행동에 자극을 받은 건가."

―다들 비슷한 생각이야.

"……."

―그나저나 넌 기분 어떠냐.

"기분은 뭐."

―준비는 다 된 거야?

"준비할 거 뭐 있나."

―하여간 너만 생각하면, 내가 아주 걱정이 이만저만 아니다.

"다른 데 떠들고 다니지 마라."

내일 5시 30분 방배동 제임스 딘 노래연습장에 대해서, 남진철과 이승호와 지요한과 나 말고 알고 있는 단 한 명이 바로 정필이었어. 누구를 원망하겠어. 내 입이 싼 걸 탓해야지.

―어쨌거나 우리 약속 하나 하자.

"약속?"

-내일 어떤 일이 벌어진다 해도, 설령 그로 인해 잠시 무릎 꿇는 상황이 발생한다 해도, 우리 양심에 부끄러워지는 일은 절대 없도록 하자. 그로 인해 서로를 비겁자라고 손가락질하는 일만은 없도록 하자.

"뭐라는 소린지."

 -더 진지해지고 더 치열해지자는 거지. 더 담대해지고 더 용감해지자는 거지.

마음 편하게 통화할 형편이 아니었어. 마루 소파에 엄마 아버지가 앉아 TV를 보는 중이었으니까. 두 분의 신경이 필경 TV 속 뉴스 내용보다는 내 전화통화에 집중되어 있을 터였으니까. 누구처럼 입만 열면 학생의 본분을 강조하는 정도까지는 아니지만, 잘나지 못한 아들이 이 험한 세상 튀지 말고 얌전히 살아가기를 바라는 분들이었으니까.

28. 평화시위를 가로막는 자들

11월. 종일 맑고 쌀쌀한 가을날.

한석규 심은아 주연의 〈텔 미 썸딩〉이 개봉 첫 주에 흥행 대박을 터뜨리고, 조성모의 〈슬픈 언약식〉이 각종 가요 차트에서 정상을 차지하고, 박세리가 20세기 마지막 LPGA 투어에서 8번째 우승을 차지하고, 미국과의 협상이 타결되며 중국의 세계무역기구(WTO) 가입을 확정 짓던 날이었어. 내내 흐린 날이었어. 바람은 심하지 않고 비도 오지 않는 날이었어.

조용한 날이었어.

불안하도록 조용한 날이었어.

수업을 진행하는 선생님들의 목소리가 유난히 나직한 날이었어. 체육 시간에 낡은 축구공을 쫓아다니는 아이들의 외침이 기이하도록 점잖은 날이었어. 배식구 퇴식구마다 길게 줄을 선 급식실의 소란이 이상하도록 얌전한 날이었어. 학교 어디에도 납득하기 힘든 고요가 가득한 날이었어.

평화로운 하루였어.

거짓스럽도록 평화로운 하루였어.

마른 잎들을 모두 떨어낸 교정의 나무들이 거짓 가득한 평화를 연기하는 것 같았어. 6교시 시작을 알리는 수업 종소리가 거짓 가득한 평화를 찬양하는 것 같았어. 쉬는 시간에 교실 밖 복도로 쏟아져 나오는 아이들의 얼굴 위에 거짓 가득한 평화가 넘쳐나는 것 같았어.

아이들이 모여들고 있었어.

종례를 마친 아이들이 성실관 서문 앞뜰에 한 명 두 명, 열명 스무 명, 조용히 그러나 빠른 속도로 모여들고 있었어. 진지한 얼굴이었어. 비장한 얼굴이었어. 심각한 얼굴이었어. 엄숙한 얼굴이었어. 무사태평한 얼굴이었어. 하품을 하는 얼굴도 있었어. 웃는 얼굴도 있었어. 껌을 씹거나 휘파람을 불거나 같이 선 친구들에게 뭔가를 신나게 떠벌이는 얼굴도 있었어. 그러나 대체로 진지한 얼굴들이었어. 교내 안내방송 같은 것은 없었어. 칠판 구석에 공지글 같은 것도 없었어. 모임에 관해 떠도는 소문 하나 없었어. 하지만 위태위태 불안하던 거짓 평화가 물러나며 서문 앞뜰에는 어느새 3백 명 넘는 아이들이 모여드는 중이었어.

1학년들이 대부분이었어. 2학년도 간간이 섞여 있었어. 내일모레 수능을 앞둔 3학년들은 없는 것 같았어. 가방을 메고 나온 아이들도 있었어. 가방을 놓고 나온 아이들도 있었어. 이마에 하얀 띠를 두른 아이들도 있었어. 직접 만든 피켓을 들고선 아이들도 있었어. 직접 만든 피켓을 들고 머리에 하얀 띠를 두른 아이들도 있었어. 그 중 한 명이 저편 화단가에 선 정필이었어. 나와 눈을 맞춘 정필이 엄지를 세우며 윙크를 찡긋, 해보였어. 허허, 건방진 좆삐리 같으니.

그만 한 숫자들이 모이기엔 너무 좁은 장소였어. 그러나 대체로 질서 있는 모습이었어. 웅성거림이 이어지는 속에, 몇몇 아이들이 앞에 나섰어. 아마도 며칠 전 발족했다는 '비대위'들이었어. 그 속에 부반장 재욱의 모습도 보였어. 서로의 눈치를 잠시 살피던 비대위원들이, 하나 둘 셋 박자에 맞춰 크게 외쳤어.

"비리재단 물러나라!"

아이들이 따라서 힘차게 구호를 외쳤어.

"비리재단 물러나라!"

입을 모은 구호 소리가 점점 커져갔어.

"악덕교장 사퇴하라!"

거짓 평화가 산산이 깨져나가는 중이었어.

"악덕교장 사퇴하라!"

뉴스 속 시위대처럼, 몇몇 아이들이 주먹 쥔 오른팔을 높이 쳐들었어.

"사학비리 철저조사!"

"사학비리 철저조사!"

"상준고여 영원하라!"

"상준고여 영원하라!"

어색하게 히죽거리던 아이들의 입가에서 웃음기가 사라지고 있었어. 나 역시 목청껏 구호를 따라 외쳤어. 뭔가 벅차오르는 중이었어.

"퇴학처분 반대한다!"

"퇴학처분 반대한다!"

이건 얼마 전 성명서의 주동자들, 2학년 세 명에 대한 학교의 퇴학 조치에 반발하는 구호였어.

"비리재단 물러나라!"

"비리재단 물러나라!"

"상춘만은 사퇴하라!"

"상춘만은 사퇴하라!"

얼마만이던가 마음속에 꾹꾹 눌러 담았던 이야기를 소리 내어 외쳐보았던 적이. 얼마만이던가 하고 싶은 이야기를 다른 사람 눈치 안 보고 마음껏 질러보았던 적이. 가슴이 뛰었어. 가슴이 점점 빠르게 뛰고 있었어.

비대위 가운데 한 명, 키 크고 얼굴 길고 금테 안경을 쓴 아이가 두 손을 입에 모았어. 그리고 크게 외쳤어.

"모두 가자! 학교 밖으로 나가자!"

아이들이 일제히 움직였어. 주저 없이 행진을 시작했어. 오와 열을 맞추지는 않았지만 그 많은 숫자들이 거의 흐트러짐 없이 교문으로 향했어.

와아아아!

느닷없는 함성소리.

소리 나는 쪽으로 고개를 쳐들었어. 나를 비롯해 행진에 나선 많은 아이들이 깜짝 놀라고 말았어. 교실 창가마다 학생들이 한가득 모여 있었어. 우리를 향해 열렬히 손을 흔들고 환호를 보내는 중이었어. 성실관 2, 3, 4층 전체가 우리에게 응원을 보내는 중이었어. 저편 화단가에 선생님들 몇이 모여 서 있었어. 우리를 향해 열렬히 손을 흔들거나 응원을 보내지는 않았어. 그러나 우리 앞을 막아서거나 욕을 하지도 않았어. 압록강 물결처럼 도도한 우리의 행진을 지켜만 보는 중이었어. 그새 더욱 많은 아이들이 뒤따라 합류하고 있었어. 아까보다 두 배는 많아진 것 같았어. 모르긴 몰라도 5백 명은 훨씬 넘는 것 같았어.

군중 속에서 따라 걸으며 손목시계를 보았어.

어느덧 4시 48분.

벌써 시간이 이렇게 되었구나. 이제 고작 12분 남았구나.

또 다른 의미에서 가슴이 두근거리기 시작했어.

혁명의 시간이 가까워오는 중이었어.

"사학비리 철저조사!"

"상준고여 영원하라!"

"악덕교장 물러나라!"

학교 밖으로 몰려나온 아이들의 구호 소리가 더욱 커져갔어. 소란이 이어지며 구경 나온 동네 사람들이 적지 않았어. 수군거리는 반응들이 더욱 큰 힘을 불어넣어 주었어.

언덕길 아래까지 거침없이 전진하던 발걸음들이, 그런데 서울고등학교 사거리에서 주춤 막히고 말았어. 사거리에, 우리가 다가가는 방향을 제외한 길목 세 군데에, 엄청난 숫자의 전경들이 진을 치고 있었어. 전경 차량 수십 대가 견고한 차벽을 만들어 세우고 우리 갈 길을 완벽히 차단한 상태였어. 칙칙한 회색 복장의 전경들. 시커먼 마스크와 진압용 방패들. 무시무시한 색의 조화였어. 보는 것만으로도 매캐한 최루탄 냄새가 코를 찌르는 것 같았어.

어떻게 알고 이렇게 출동했을까. 학교에 큰 시위가 있으리라는 소문이 돌았을까. 비대위 측이 사전에 집회 신고를 했을까. 아니면 상춘만 교장 일당이 경찰에 도움을 요청했을까.

갈 길 막힌 아이들이 웅성거렸어.

"가자. 쫄 거 없어."

"평화행진 한다는데 막기는 왜 막아! 왜!"

"나쁜 새끼들. 죄다 마찬가지야. 학교나 교육청이나 경찰이나."

"우리의 목표는 서초법원이다! 가서 우리의 목소리를 내자!"

"가자! 가자!"

다시 시계를 봤어. 52분.

안타깝구나. 안타깝지만 이쯤에서 빠져야겠구나.

내가 선 위치는 시위대의 맨 후미. 덕분에 조금씩 전진하는 무리에서 슬그머니 빠져나올 수 있었어. 한남공인중계소 옆 골목으로 얼른 몸을 숨길 수 있었어. 미안한 마음에 뒤통수가 화끈거렸어. 하지만 어쩔 수 없지. 이건 도망치는 게 아니야. 정필이 말마따나 양심에 부끄러워지는 일이 아니야. 내게는 나대로 분명한 혁명의 역할이 있다고.

관악산 맑은 기상

뻗어 내리어

빛나는 역사 위에

다져진 터전

교가가 울려 퍼지고 있었어.

찬란히 빛나리라
믿어온 슬기
밝은 얼 길러가는
상준의 학도……

누가 먼저 시작했을까. 사거리에서 전경과 대치한 아이들이 교가를 부르는 중이었어. 월요일 애국조회 때와는 비교할 수 없을 만큼 크고 힘찬 합창이었어. 3월 초에 입학해서 수백 번은 들어야 했던 교가의 느낌이 이렇게나 다르다니 믿기 힘들 정도였어. 나 역시 흥얼흥얼 교가를 따라 불렀어. 따라 부르며 좁은 골목길을 빠르게 걷기 시작했어. 좁고 복잡하게 경사진 골목을 산토끼처럼 종종 달려 내려갔어. 늦어서는 안 되지. 모든 순간들이 완벽하게, 오점 없이 진행되어야지.

잠시 후, 마침내 약속한 장소에 다다랐어. 숨이 조금 찼어.

"어이, 여기."

신동아아파트 후문. 까꼬보꼬미용실을 지나고 백양세탁소를 지나 방배슈퍼 앞.

평상에 앉아 있던 공대현이 한 손을 쳐들었어. 심술맞게 찢어진 눈매. 웃는 건지 찡그린 건지 늘 불량스러운 입술 모양. 볼 때마다 짜증나고 역겨운 얼굴이지만 그날은 정말이지 심하도록 짜증나고 역겨웠어. 가쁜 숨은 조금씩 가라앉았지만 두근두근 가슴은 좀처럼 진정되지 않았어.

"뭐하다 왔냐."

"아, 청소 좀 하고……."

"시위하는 애들, 많이 모여 있디?"

"오백 명은 넘겠던데요."

"무슨 구호를 외치는 거 같던데."

"예, 비리재단 해체하고 교장 퇴진하라면서."

"흐흐. 같잖은 새끼들."

"전경들이 사거리에 쫙 깔렸더라고요. 행진 막으려고."

검은 비닐봉투를 든 아주머니 두 명이 우리 앞을 지나가다, 우리가 입고 있는 교복을 힐끔 쳐다보고는 중얼거렸어. 아휴, 대학교도 아니고 고등학교에서 이게 무슨 일이래. 학생들이 뭔 죄라고. 다치지나 말아야 할 텐데…….

"그래, 나한테 할 말이 있다고?"

공대현이 나를 빤히 바라보았어. 야비하게 번들거리는 눈알이 내 속마음을 빤히 꿰뚫어보고 있는 것 같았어. 손가락이 오그라드는 것 같았어. 이러면 안 되지. 담대해지자. 담대해지자.

"실은 제가요, 요새 고민이 하나 있어서요."

"고민이라."

"예……."

"뭔데. 누가 괴롭혀?"

"비슷해요."

"말해봐. 어떤 새긴데. 걱정 말고 털어놔."

"저어, 여기서 이야기하기는 좀 그렇고."

침을 꿀꺽.

"자리를 옮기면 어떨까요. 다른 데로."

"할 얘기가 많은가 보다?"

"그렇기도 하고, 근처에 아는 데가 있거든요. 거기 기서 맥주도 한 잔⋯⋯."

"허허, 맥주?"

공대현이 웃었어.

"이 새끼 이거, 보자보자 하니까 졸라 웃긴 새끼네."

웃어도 짜증나고 역겨운 얼굴이었어.

"맥주라. 너 술 먹을 줄 아냐? 허허. 허허허."

그때였어. 방배슈퍼 유리문이 덜컥 열리고 누군가 나타났어. 누군가 공대현과 내 사이에 털썩 앉았어. 공대현의 따까리 가운데 한 명, 고태훈이었어.

아찔했어. 분당 심박수가 삽시간에 200을 넘어서고 있었어.

"야, 이 새끼 좀 봐라. 나랑 맥주 마시러 가잔다."

"어쭈구리, 정말?"

공대현과 고태훈이 좋다고 낄낄거렸어. 네 살 조카의 앙탈에 즐거워하는 외삼촌들 같았어. 눈앞이 하얘지고 있었어. 입안이 타들어가고 있었어. 머릿속에 태풍이 몰아치고 있었어. 뭐야 고태훈. 네가 지금 왜 여기 있는 거냐. 대답 좀 해봐 이 따까리 새끼야. 아아아.

'공대현 깨기' 작전을 위한 내 임무에서 가장 주의해야 할 점. 공대현을 유인하되 수족처럼 붙어 다니는 따까리들을 따돌리는 문제였지. 개중에 한 명이라도 따라붙었을 경우, 성공을 장담하기가 쉽지 않다는 문제였지. 그래서 선택한 것이 바로 지금 목요일 이 시간대였지. 그런데 이게 뭐냐. 망했구나. 가장 우려했던 상황이 벌어졌구나. 작전 실패구나.

그렇다면 어쩌나.

이제부터 어쩌나.

작전 실패는, 어찌 보면 두 번째 문제였어. 여기까지 공대현을 불러내어놓고는, 고민이 생겼네 어쩌네 밑밥을 두둑하게 깔아놓았는데. 맥주 이야기까지 덥석 꺼내놓고 말았는데. 두 명 모두를 제임스 딘에 데려갈 수는 없는 일인데. 그건 아무런 의미가 없는 일인데.

이러다 큰일 나겠군. 우물쭈물하다가는 눈치 빠른 공대현이 뭔가 낌새를 눈치 챌 수도 있겠군. 겁 없는 계략의 실체가 발각될 수도 있겠군. 그렇다면 이 일을 어쩌나. 나 혼자 뒤집어써야 할까. 내 주제에 그럴 수 있을까. 비리재단 물러나라! 악덕교장 사퇴하라! 사학비리 철저조사! 상준고여 영원하라! 귓가에서 힘찬 구호가 어찔어찔 맴돌고 있었어. 속이 울렁거렸어. 토할 것 같았어.

29. 노래 부르러 왔냐?

"가자 그럼."

마침내 대현이 일어섰어.

"에?"

"맥주 산다며. 고민 있다며."

"아, 예······."

등 떠밀리듯 방배동 방향으로 앞장섰어. 다시 한 번 토할 것 같았어. 어찔어찔 현기증이 일었어. 내 뒤를 바싹 쫓는 괴물 두 마리. 공대현 그리고 고태훈. 맙소사 이것들을 끌고서 지금 어디로 가야 하나. 아는 맥줏집 따위가 있을 리도 없고. 고민이 뭐냐고 물어보면 또 뭐라고 거짓말을 둘러대야 하나. '공대현 바로 너란 새끼가 고민'이라고 실토해야 하나.

어느덧 큰길. 저편 2백 미터 앞이 방배역 사거리였어. 바람 쌀쌀한 11월 오후임에도 잔등에 진땀이 배고 있었어.

그때 고태훈이 손을 반짝 쳐들었어.

"대장. 나는 갈게."

공대현이 미간을 찌푸렸어.

"뭐야. 어딜."

"오늘 권투장 가는 날이잖아."

"애새끼 얍삽하게. 하루 제껴."

"글쎄."

"이 새끼가 맥주를 산다잖냐. 마셔줘야지."

"…… 그럴까."

"확 제껴."

"확 제껴?"

가슴이 콩콩. 아니 쿵쾅쿵쾅.

"아니야. 나중에 관장님한테 엄청 깨질 거야. 갈래 그냥."

"얍삽한 새끼."

"어이, 차연. 대장 잘 모셔라. 나중에 나한테도 맥주 꼭 사고. 알았지?"

양 끝이 팽팽하게 당겨진 명주실 한가운데가 탁, 끊어지는 느낌. 검지와 중지를 세워 제법 그럴 듯하게 보이스카우트 경례를 해보인 고태훈이 휙 몸을 돌렸어. 그러고는 서초동 쪽으로 성큼성큼 멀어져갔어. 참으로 아름다운 뒷모습이었어.

"뭐야, 노래방?"

방배초등학교를 지나, 조그만 어린이공원을 지나, 작은 교회 건물을 지나 초록슈퍼가 있는 사거리. 슈퍼에서 쓰는 창고 옆에 지하 1층으로 향하는 계단이 입을 떡 벌리고 있었어. 제임스 딘 노래연습장.

"노래 부르자고? 너랑 나랑 둘이?"

바람이 불었고, 날 저물 즈음이었고, 어느새 5시 32분이었어. 공대현은 탐탁지 않은 얼굴이었어. 탐탁지 않은 얼굴로 나를 빤히 바라보는 중이었어.

"여기 아는 친, 친구가 일하거든요. 그래서 노래도 공짜고 맥주도……."

"새끼. 완전 그지구만."

피식 웃은 공대현이 다시 핥아먹을 듯 나를 바라보았어. 아래위로 내 꼴을 훑어보았어.

안절부절 조마조마. 시간이 더디게 기어가는 중이었어.

교문 밖 평화행진을 시작하려다가 가로막힌 친구들은 지금 어떻게 되었을까. 전경들의 차단막을 뚫고 법원 쪽으로 행진하는 중일까. 아니면 사거리에 여전히 꽉 막혀서 오도 가도 못하는 상황일까. 충돌이 일어나서 다치거나 연행되는 아이들이 생기지는 않았을까.

"알았다. 들어가자 들어가."

체념한 듯 공대현이 앞장서서 계단을 내려섰어. 안도의 한숨 대신으로 가슴이 펄럭펄럭 뛰기 시작했어. 순간 발을 헛디디며 계단을 구를 뻔했어.

문이 열리고, 맑은 벨소리가 울리고, 공대현과 내가 들어섰어. 카운터를 지키고 앉아 있던 지요한이 벌떡 일어섰어.

"어, 어서 오세요."

꽁꽁 얼어붙은 기린의 얼굴.

"요한아 안녕."

내가 태연한 척 삐걱거리는 인사를 건넸어.

"여기 공대현 형, 너도 알지? 방 하나만 줘라."

"응, 그렇게. 제일 좋은 방 줄게."

"맥주도 좀 부탁해."

"당연히 줘야지. 마음껏 놀다 가. 시간 걱정 말고."

"…… 가요 형."

손님 없이 텅 빈 노래방 복도는 비 오는 평일 오전의 박물관 같았어. 귀가 따가울 정도로 고요했어. 진철과 승호는 지금 어디 있을까. 지금 어디 숨어서 공대현과 나의 등장을 조마조마 지켜보고 있을까.

2번 방에 들어섰어. 어른 열두 명은 모여 앉을 만큼 넓은 공간. 디귿 자로 놓인 소파와 원목 테이블 위의 리모컨과 탬버린과 두툼한 노래 책자 두 권. 소파 가장 깊은 자리에 앉아주면 좋으련만, 공대현은 디귿 자의 한 면에 해당하는 왼편 소파에 앉았어. 그 맞은편 자리에 내가 앉았어. 공대현과 단둘이 노래방이라. 으하하 죽겠군. 좋아 미치겠군. 심장이 3옥타브를 넘나들며 강렬한 샤우팅을 쏟아내는 중이었어.

"자주 오는 데냐?"

공대현이 실내를 둘러보았어.

"가끔요."

"아까 카운터에 있던 애도 우리 학교야?"

"예. 13반요."

"여기, 그냥 노래방이 아닌 거 같은데."

"저녁에는 도우미도 나오고 술도 팔고 그런다더라고요."

"새애끼, 다시 봤다 너?"

똑똑.

노크 소리에 이어 조심히 문이 열렸어. 캔 맥주 몇 개와 새우깡 그릇을 접시에 받쳐 든 지요한이 들어섰어.

"어?"

공대현이 화들짝 놀라 일어났어. 요한을 뒤따라서 남진철이, 이어 이승호가 날름 들어온 때문이었어. 그들 뒤로 철컥 문이 닫혔어. 실내에 날 선 긴장감이 빵빵하게 차올랐어.

남진철이 당당히 내뱉었어.

"어이 공대현이. 노래 부르러 왔냐?"

30. 헐크 호건과 얼티밋 워리어

일촉즉발 위기일발. 공대현이 혀끝으로 윗입술을 한 차례 핥았어. 출구를 막아선 남진철을, 이승호를, 지요한을, 이어 나를 빠르게 훑어보았어. 나를 바라볼 때는 '씨발 새끼가⋯⋯.'라고 나직이 중얼거렸어. 기가 죽은 것 같지는 않았어. 기가 죽은 건 오히려 나였어.

"눈 깔아 씨발놈아!"

승호가 버럭 외쳤어. 동시에 쟁반 위에 놓인 맥주 캔을 냅다 집어던졌어. 공대현의 얼굴에서 20센티미터 정도 비껴 날아간 캔이 벽에 픽! 부딪치고는 바닥에 나뒹굴었어. 치이이이익. 찌그러진 모서리에서 맥주 거품 새는 소리가 낭자했어. 도시가스 새는 소리처럼 위협적이었어.

공대현은 표정 하나 변하지 않았어. 맥주 캔이 날아드는데 흠칫 몸을 움츠리는 시늉도 하지 않았어. 흥분해서 씨근덕거리는 이승호를 가만히 노려볼 뿐이었어. 입가에 아주 옅은, 소름끼치도록 자상한 미소를 머금은 채로.

"니들 뭐냐?"

그 목소리 또한 소름이 끼치도록 자상했어.

"떼거지로 몰려와서 뭘 어쩌자고. 응? 깔라고? 나를? 자신 있어? 좆나 웃기네. 이 씨발 새끼들이."

"어이 공대현."

진철이 한 발짝 나아갔어.

공대현과 남진철의 거리, 1.7미터.

둘 사이에 희푸른 불꽃이 파파 피어올랐어. WWF의 최강 라이벌 헐크 호건과 얼티밋 워리어가 링 위에 마주 서면 바로 이런 분위기 아닐까. 마이크 타이슨과 에반더 홀리필드가 밤 의 도시 뒷골목에서 권투 글러브도 없이 맞붙으면 바로 이런 느낌 아닐까. 스트리트파이터2의 류와 블랑카가 컴퓨터 밖 실 제 세상에서 한판 대결을 벌인다면 바로 이런 장면 아닐까.

"11반 남진철이다. 나 모르지?"

"뭐 어쩌라고."

"니가 그렇게 개새끼라며."

"……."

"1년 꿇었다고 세상 다 얻은 새끼처럼 존나 깝치고 다닌다 며. 이 반 저 반 개새끼처럼 처돌아다니면서 돈 뺏고 물건 뺏고 빵셔틀 시키고. 마음에 안 들면 아무 새끼나 붙잡아서 쥐패고. 맞냐?"

공대현이 배시시 웃었어.

"애새끼 말 졸라 많네. 그래서 뭐 어쩌라고."

"며칠 전에는 남의 교실에 몰래 기어들어가서 책상 들쑤셨

다며? 그래서 성명서 가지고 있던 애들 명단을 교무실에 넘겼다며? 니가 그러고도 학교 짱이냐? 쪽팔린 줄 알아야지."

"좆까고…… 소설 쓰냐 지금?"

"얌전히 살아보려고 했다 내가."

"……"

"고등학교 올라오면서 그렇게 다짐했다 내가. 조용히 살기로. 그런데 너 때문에 도저히 안 되겠다. 너 같은 새끼가 멋대로 활개치고 다니는 한, 내가 더 이상 착실하게 학교생활을 할 수 없을 거 같다. 그게 내 결론이다. 알아듣겠냐?"

"그래서 어쩌라고 씨발년아. 깔래?"

'깔래?'의 '래?' 자가 입을 떠나는 것과 동시에, 남진철이 바람처럼 튀어나갔어. 오른발을 쭉 뻗어서 공대현의 가슴팍을 힘차게 걷어찼어. 경이로운 순간 속도였어. 공대현이 벌렁 나자빠질 듯 세 걸음을 물러서며 겨우 중심을 잡았어. 연이어 남진철이 기세 오른 UFC 선수처럼 달려들며 강력한 레프트 훅을 날렸어. 크게 궤도를 그린 주먹이 공대현의 턱과 목덜미 사이에 걸치듯 꽂혔어. 퍽. 주먹과 살이 맞부딪치는 소리.

"억."

"씹새끼 죽어봐."

다시 날아드는 남진철의 라이트 스트레이트. 공대현이 가까스로 왼팔을 쳐들어 그 공격을 막아냈어. 동시에 거의 반사적으로 오른팔을 휘둘렀어. 짧게 끊어 치는 주먹에 왼쪽 관자놀이를 한 대 얻어맞은 남진철이 주춤했어. 공대현이 쉴 새 없이 몸을 날렸어. 짐승처럼 남진철의 가슴팍을 들이받고도 멈추지 않고 돌진했어. 삽시간에 우당탕 테이블이 쓰러졌어. 두 몸 뚱이가 소파 위를 뒹굴고 엎치락뒤치락 바닥에 굴러떨어졌어. '깔래?'의 '래?' 자 이후로 단 5초 만에 펼쳐진 상황이었어.

심장이 마구 뛰었어. 공포영화 속 피가 튀고 비명소리 찢어지는 장면을 볼 때, 굵은 쇠줄에 묶인 맹견이 크르르 송곳니를 드러내며 경고 신호를 보내올 때, 까마득하게 높은 빌딩 난간에 서서 아래를 내려다볼 때, 대부분의 사람들에게 거의 비슷하게 찾아오는 신체 변화. 요컨대 솜털이 돋고, 동공이 확장되고, 온몸의 근육에 더 많은 혈액을 공급하기 위해 심장 박동이 빨라지고 등등.

온종일 대자연의 위협에 노출된 원시 조상 때부터 유전되어 내려온 본능. 적의 위협에 맞서기 위한 또는 효과적으로 도망치기 위한 생리적 반응들. 그 긴박한 순간, 내 신체 역시도 유전적 본능에 따라 온몸에 솜털 파릇파릇 돋아나고 동공이 확장되는 한편 심장이 미친 듯 널뛰는 중이었어. 적의 위협에 맞서 싸우기 위해서. 아니, 여차하면 잽싸게 도망치기 위해서.

"이야앗!"

이승호가 달려들었어. 바닥을 뒹굴며 씨근덕거리는 그들 사이에 거침없이 들러붙었어. 밑에 깔린 공대현에게 사정없이 발길질을 하고 위에 올라탄 공대현에게 마구 주먹질을 했어. 한데 엉켜있는 통에, 그 발길질과 주먹질이 그만 남진철에게 잘못 향하기도 했어. 어쩔 수 없는 일이었어. 바닥에 깔려 버르적거리던 공대현이 격투기 선수처럼 발을 쭉 뻗었어. 힘찬 발길질이 하필 이승호의 입 언저리를 호되게 걷어차고 말았어. 고개가 덜컥, 들릴 만큼 강력한 한 방이었어. 어 씨발. 이승호가 웅얼거리며 뒷걸음질 쳤어. 입가를 감싼 손가락 사이로 검은 피가 줄줄 흘렀어. 앞니가 부러진 건가. 입술이 터진 건가. 어둑한 실내라 더욱 검게만 보이는 피의 색감에 다시금 가슴만 둥둥 뛰었어. 그 다급한 상황에, 가슴 깊은 곳에 자리 잡은 종양 덩어리가 불길한 속도로 온몸에 전이되는 중이었어. 죽음과도 같은 불안이었고 또한 공포였어.

실패하면 어쩌나.

이 역모가 실패로 돌아간다면 그땐 어쩌나.

남진철과 이승호가 결국 공대현을 제압 못한다면.

공대현 한 명의 완력에 우리 모두 무릎을 꿇고 만다면.

31. '디카'는 힘이 세다

"이야앗!"

그때 나는 보았어.

어둔 노래방 안에 훌쩍 날아오른 기린 한 마리를.

슬프도록 가냘픈 체구의 기린 한 마리가, 저편 바닥에 한데 엉켜 씩씩거리는 맹수 두 마리를 향해 사뿐사뿐 우아하게 날아가는 장면을. 주체 못할 만큼 길고 가는 팔과 다리로 하느작하느작 공대현의 등 뒤를 끌어안는 장면을. 두 다리로 허리를 친친 감싸고, 오른팔로는 목을 단단히 감아 조이고, 왼팔 소매에 오른손을 견고하게 걸어 메는 동시에 왼 팔꿈치로 뒤통수를 강하게 압박하는 장면을. 가늘고 하얀 줄로 말벌을 칭칭 감아 포박하는 거미처럼 믿을 수 없는 동작으로 순식간에 공대현을 제압하는 장면을. 무용수의 그것처럼 단아하고 아름다운 한 편의 춤사위를.

"놔! 이거 놔 씨발!"

공대현이 발악했어. 고래고래 소리치며 등 뒤에 찰싹 매달린

지요한을 떼어내려 애썼어. 하지만 쉽지 않았어. '니어 네이키드 쵸크'. 이종격투기에서처럼 상대 선수의 등 뒤에서 경동맥을 강하게 압박해 수십 초 안에 실신을 시키거나 기권을 얻어내는, 그 정도로 완벽하게 들어간 기술은 아니었어. 그러나, 특히 이런 막싸움에서라면, 쉬 떼어내지 못하도록 등 뒤에 찰싹 달라붙어 있는 것만으로도 충분히 성공적인 공격이었어.

"놔 씨발아! 죽을래? 으아아!"

지요한을 등 뒤에 깔고 벌렁 나자빠진 공대현이 미친 듯 사지를 내두르며 발악했어. 거의 발광했어. 그 꼴을 잠시 지켜보던 남진철이 맹렬하게 주먹을 휘둘렀어.

성난 주먹이 공진철의 뺨에, 턱에, 이마에, 어깨에, 가슴에, 옆구리에, 아랫배에 사정없이 작렬했어. 공대현 또한 두 팔을 마구 휘두르며 반격했어. 눈먼 주먹질에 남진철 역시 몇 대 얻어맞기는 했지만, 타격의 위력으로는 비교가 되지 않았어. 교복 소매로 입가의 피를 막고 있던 이승호가 뒤적뒤적 가방 안에서 뭔가를 꺼내들었어. 포장도 뜯지 않은 청테이프 세 개와 주황색 나일론 줄 뭉치.

"진철아 이거!"

달려간 이승호가 남진철과 힘을 합쳐 공대현을 포박하기 시작했어. 공대현이 윽윽, 멧돼지처럼 저항했어. 두 눈이 튀어나오도록 격분한 모습이었어. 놀라운 장면이었어. 참으로 엄청난 풍경이었어.

전경들과 맞서서 '상준고여 영원하라'를 외치던 1학년들이 본다면 기운이 펄펄 솟을 장면이었어. 공대현 때문에 눈물 흘렸던 수많은 아이들이 목격한다면 개중에 몇몇은 감격의 눈물을 줄줄 쏟아낼 풍경이었어.

질긴 나일론 줄로 발목과 무릎을 칭칭 감고, 두 손목을 힘겹게 뒤로 꺾어서 단단히 감아 묶었어. 이어 청테이프로 팔과 다리를 둘둘 감는 것은 비교적 손쉬운 일이었어. 발목에서 시작된 청테이프가 무릎 지나 허벅지까지 감겨 올라왔을 때, 공대현의 저항이 비로소 잦아들기 시작했어. 어느 정도 포기한 모습이었어. 어두운 노래방 안에 씨근덕거리는 숨소리와 청테이프 찍찍거리는 소리만 바삐 이어지는 중이었어.

마침내 청테이프 세 통이 모두 동나고, 공대현은 초록색 번들거리는 미라로 변신하고, 다 쓴 테이프 심지를 집어던진 남진철이 후우, 한숨을 뱉어냈어.

"됐다 이제. 어 씨발 팔 아파."

휴지로 코를 틀어막은 이승호와 지요한이 보기 좋게 짝, 하이파이브를 나누었어. 소파 위에 누에고치처럼 앉혀진 공대현이 미간을 찌푸렸어.

"이제 어쩔 셈이냐."

엄청난 수세 상황. 그러나 조금도 주눅 든 얼굴이 아니었어. 끝까지 용맹한 척이었어.

"이대로 땅에 파묻으려고? 아니면 한강에 빠뜨리려고?"

남진철이 나를 돌아보며 어깨를 으쓱, 해보였어. 아랫입술을 삐죽 장난스럽게 내밀면서.

"그렇게 하는 게 좋을 거다. 나를 살려두지 않는 게 좋을 거다. 그 정도 배짱은 가지고 있는 편이 좋을 거다. 안 그랬다간,

너희들 모두 머지않아 큰 고통을 맛보게 테니까. 오늘 일을 크게 후회하게 될 테니까. 세상에 태어난 것을 뼈저리게 후회하고 말 테니까. 어이 남진철, 무슨 말인지 알아듣겠냐?"

남진철이 공대현에게로 저벅저벅 다가갔어. 온몸이 청테이프로 칭칭 감긴 녀석의 꼴을 지켜보다가, 호쾌하게 팔을 휘둘렀어.

짝!

강력하고 날렵한 효과음이 손바닥과 뺨 사이에 작렬했어. 그 경쾌한 소리에 내 뺨이 다 얼얼해지는 것 같았어.

"입 좀 닥쳐 새끼야. 목소리 듣기 싫으니까."

남진철이 뒤를 돌아보았고, 눈짓 신호를 받은 이승호 성큼 다가왔어. 뭘 하려는 것일까. 이승호가 공대현 앞에 살포시 무릎을 꿇었어. 그러고는 교복 바지에 두 손을 가져갔어.

"뭐야! 뭐 하는 짓이야!"

이승호의 손길은 거침없었어. 단호하고 집요했어. 거칠게 허리띠를 풀더니 바지 지퍼를 확 까 내리는 것이었어. 남진철이 어깨를 떨었어. 공대현이 꿈틀꿈틀 격하게 저항했어. 그러려 노력했어. 하지만 손발이 꽁꽁 묶여 요만큼도 움직이기가 힘든 상태였어. 아, 저래서 허벅지 윗부분은 청테이프로 감지 않고 남겨두었던 거구나.

"으아아! 개새끼들아! 다 죽여버린다아!"

피 끓는 절규가 메아리치는 속에 마침내 홀라당 드러난 공대현의 자지. 시커멓게 윤기 나는 자지털. 축 늘어진 부랄. 체육복을 입고 있는 아이 뒤로 몰래 다가가 바지와 팬티를 한꺼번에 확 벗겨내리는, 그런 장난이야 해보기도 많이 해봤고 당하기도 여러 번이었지만, 그와는 여러모로 차원이 달랐어. 실로 엄청난 장면이었어. '1999년 올해의 사진'에 선정되어도 아깝지 않을 명장면이었어. 같은 심정이었을까, 남진철이 열심히 셔터를 눌러댔어. 위에서 찰칵. 아래서 찰칵. 옆에서 찰칵. 카메라를 세워서 찰칵. 카메라를 눕혀서 찰칵. 저번에 봤던 그 '디카'였어.

"무슨 짓이야! 당장 치워!"

공대현이 고래고래 악을 쓰더군. 거의 울부짖더군. 나를 살려두지 않는 게 좋을 거라던 방금 전의 용맹함은 찾아볼 길이 없더군. 스무 장 가까이 찍은 것 같더군. 디카를 가방에 집어넣은 남진철이 두 손바닥을 탁탁 털더군. 보람찬 하루 일과를 막 끝마친 기분이 좋아진 사람처럼. 공대현 옆자리에 털썩 주저앉더니 주머니를 뒤적뒤적, 담배 갑과 일회용 라이터를 꺼내더군. 담배 한 대를 입에 물고 불을 붙이더니 그걸 공대현의 입가에 들이밀더군.

"피워."

공대현이 씨근덕거리더군.

"피우라고."

재차 권하자 머뭇머뭇, 체념한 듯 고개를 움직여 입가로 담배를 받아 물더군. 남진철이 또 한 대의 담배를 빼물고 불을 붙여서. 깊게 한 모금 빨더군.

"잘 들어 공대현."

진지한 얼굴이더군.

"약속해라. 지금 당장 약속해라. 학교에서 더 이상 설치지 않겠다고."

더불어 진지한 목소리.

"다시는 애들 괴롭히지 않겠다고. 없는 놈처럼 조용히 죽어 지내겠다고. 네가 약속하면, 우리도 약속할게. 방금 전에 디카로 찍은 사진, 어디에도 유포하지 않겠다고 말이야. …… 무슨 얘기인 줄 알겠냐?"

공대현은 대꾸하지 않더군. 입술을 오물거리며 뻐끔뻐끔 담배만 피우더군. 연기가 눈에 들어갔는지 왼쪽 미간을 사뭇 찌푸리더군.

"오늘 이후로 상준고의 누구 한 명이라도 공대현 너한테 괴롭힘 당했다는 소리가 들리면, 그때는 끝장이다. 오늘 일에 대해 우리 넷 중 누구 한 명에게라도 보복행위를 하려 든다면, 그때 역시 끝장이다. 우리 네 명 모두의 집 컴퓨터에 보관된 사진 파일이, 거의 자동적으로 수백 곳의 이메일 주소로 보내질 거다."

공대현의 입에 물린 담배가 허연 재로 꼬부라지는 중이었어.

"천리안, 하이텔, 나우누리, 유니텔, 엠파스 등을 통해서, 수백 명도 넘는 상준고등학교 1학년들이 일시에 니 더러운 사진 파일을 받아보게 될 거다. 사진관에 가서 현상할 필요도 없는 사진. 컴퓨터와 인터넷만 있으면 삽시간에 수천수만으로 퍼져 나가는 사진. 나중에는 원본도 복제본도 회수할 방법이 없어지는 사진."

"……"

"공대현아. 한번 상상을 해보라고. 응? 니가 상준고 짱을 내려놓느냐 마냐는 문제가 아니야. 그렇게 되면, 넌 아주 학교에서 생매장이 되고 말 거야. 내년에 새로 들어올 신입생들까지 포함해서, 온 학교 안에 널 좆밥 취급하지 않는 애들이 단 한 명도 없을 거야. 알아들었냐?"

어둡고 고요한 노래방.

소복소복 밤눈처럼 쌓여가는 침묵.

뒤룩뒤룩 눈알만 굴리던 공대현이, 마침내 덜거덕, 고개를 떨어뜨렸어. 푸우. 물고 있던 꽁초를 한숨처럼 뱉어냈어. 그러고는 어렵게 발을 움직여 그것을 바닥에 짓이겼어.

그로써 모든 게 명확해지는 순간이었어. 화약 냄새 자욱한 전쟁터에 조심조심 백기가 올라가는 순간이었어. 한국사 시간에 선생님이 녹음기로 들려준, 1945년 8월 15일 일본 국왕 쇼와가 항복을 선언하던 그 라디오 방송이 절로 떠오르는 순간이었어.

"약속을 지키겠다는 뜻으로 알겠다. 부디 지금의 마음 변하는 일이 없기를 바란다."

끝까지 진지하던 남진철, 느닷없이 나를 돌아보더군.

"그리고 너, 차연."

여전히 진지한 얼굴이더군.

32. 조금도 후련하지 않았어

"응?"

"오늘이 마지막이다."

"······."

"지금이 마지막이라고. 그러니까 인사해라. 마지막 인사."

이건 또 무슨 소리람.

"공대현 이 자식, 앞으로 학교에서 얼굴 보기가 힘들어질 거야. 우리와의 약속을 지키려면 물론 그래야겠지. 그러니 할 말 있으면 지금 해. 이 자리에서. 공대현한테 할 말 있을 거 아냐. 많을 거 아냐. 안 그래?"

남진철만이 아니었어. 양쪽 콧구멍에 휴지를 둘둘 말아 꽂은 이승호도, 탬버린을 만지작거리며 저편 자리에 앉아 있는 지요한도, 기대감 또는 호기심 가득한 얼굴로 곧 이어질 내 '행동'을 기다리는 중이었어.

"맞아, 저 새끼 아까부터 손 놓고 구경만 하더라."

이승호가 한마디 했어. 지요한이 웅얼웅얼 거들었어.

"차연아. 너도 당한 거 많잖아. 쌓인 거 많잖아. 지금이 기회야. 마지막 기회."

틀린 말이 아니었어. 공대현을 제압하는 과정에, 1 대 3의 싸움이 치열하던 와중에, 나는 링 밖의 관객처럼 구경만 하고 있었어. 다가가 힘을 보탤 생각조차 한 적이 없었어. 왜 그랬을까. 인간적으로 1 대 4는 너무 심하다는 생각이 들었을까. 폭력에 대해 본능적인 거부감이 일었을까. 모르겠어. 어쨌거나 발이 떨어지지 않았어. 쪽팔린 일이었지만 도무지 몸이 움직이지 않았어.

틀린 말이 아니었어. 나도 누구 못지않게 공대현에게 당한 게 많았어. 나도 누구 못지않게 공대현 때문에 쌓인 게 많았어. 누구처럼 돈을 뜯기고 욕을 먹고 괴롭힘을 당하고 얻어맞지는 않았지만, 그 이상으로 심한 고통을 받은 편이었어. 공대현이라는 존재로 인해, 지금 이 순간까지도 마음고생이 여간 아닌 중이었어.

고요하고 거룩한 노래방.

소복소복 밤눈처럼 쌓여가는 말 없음.

나를 향한 여덟 개의 눈동자들.

혼란스러웠어. 확실한 게 있다면 지금 당장 뭐라도 하지 않고는 이 불편한 상황을 모면하기가 어려우리라는 점이었어. 누구의 조언도 협조도 없이 내 스스로 판단하고 결정하고 행동해야 할 입장이라는 점이었어.

크게 숨을 들이마셨어. 가슴 가득 난감함을 천천히 뱉어냈어.

자리에서 일어섰어.

얼굴이 화끈거렸어. 다리가 후들거렸어. 가슴이 울렁거렸어.

공대현 앞에 멈춰 선 나.

고개 들어 나를 바라보는 공대현.

원망의 눈빛이 아니었어. 분노의 눈빛이 아니었어. 애원의 눈빛 또한 아니었어. 굳이 구분해야 한다면 쌀쌀맞은 눈빛에 가까웠어. 그리고 이제 그 눈빛의 주인공에게 무슨 말인가를 건네야 했어. 그간 하지 못했던 말을. 그간 마음속에만 쌓이고 쌓여 곪아왔던 말을.

가만 있자, 그런데 반말을 해도 되나?

예전처럼 존댓말을 할 필요는 없겠지?

"…… 공대현."

맙소사, 내 목소리가 내 목소리 같지 않았어. 나는 어쩔 수 없는 겁쟁이. 나는 어쩔 수 없는 소심쟁이. 나는 어쩔 수 없는 나. 주황 나일론 끈에 꽁꽁 묶이고 청테이프에 칭칭 감긴 사람을 상대하면서조차 그에게 한 대 얻어맞지나 않을까 두려워하는 바보 천치.

"왜."

"……."

내가 머뭇거렸어.

공대현이 피식 웃었어.

"병신새끼. 깔래면 어서 까."

화가 났어. 슬그머니 화가 치밀었어. 공대현은 이런 상황에서까지도 끝내 나를 조롱하는구나. 나는 이런 상황에서까지도 끝내 공대현의 조롱을 받는구나. 공대현은 세상 끝까지 내 위에 군림해야 하는 존재인가. 나는 지구 종말의 순간까지 공대현 밑을 기어 다녀야 하는 존재인가.

"내 말 잘 들어."

와락, 공대현의 멱살을 잡아 쥐었어.

"남미경에게 전화하지 마. 더 이상 연락하지 마. 앞으로 절대 그러지 마."

"…… 뭐?"

공대현이 놀란 얼굴이더군. 내 입에서 그런 소리가 나오리라고는 예상 못했던 것 같더군.

"걔한테 접근하지 말라고. 알았어?"

버럭 고함을 질렀어. 그럴 생각은 아니었는데, 어쩌다 보니 그렇게 되고 말았어.

"너 같은 새끼가 남미경과 어울리기나 할 것 같아? 너 같은 새끼가 그럴 만한 놈이 되는 것 같아? 내가, 그걸 몰라서 너 같은 새끼에게 남미경을 소개시켜준 줄 알아?"

얼빠진 표정이던 공대현이, 이윽고 피식, 웃었어. 비웃었어. 같잖다는 듯.

"연기하냐? 드라마 찍어? 이 새끼가."

눈앞이, 그 순간 비로소, 완벽하게 캄캄해졌어.

암전.

"이야악!"

힘차게 주먹을 날렸어. 내가 아니라 내 몸이 절로 그렇게 움직였어. 나도 모르는 새 허리와 어깨와 팔꿈치와 손가락의 근육 관절들이 격하게 반응하고 행동했어. 힘차게 날아간 내 주먹이 공대현의 왼쪽 이마 2분의 1 지점을 비껴 때렸어. 정확한 타격은 아니지만 때리긴 분명히 때렸어.

딱!

"씨이발……."

공대현이 미간을 찌푸렸어. 얻어맞은 데가 아픈지 왼쪽 눈가를 연신 씰룩거렸어.

뻗어나간 힘을 주체 못하고 소파에 엎어질 듯 어정쩡 기대어서고 말았어. 씨근덕씨근덕 어깨로 숨을 내쉬었어. 때린 주먹이 무척이나 아팠어. 주먹 관절 어딘가 삔 것 같았어. 때린 사람이 이렇게 아프니 맞은쪽은 그보다 더 아프겠지. 아마도 그렇겠지.

기분 좋았냐고?

더 때리고 싶었냐고?

그렇지 않았어. 조금도 후련하지 않았어. 요만큼도 짜릿하지 않았어. 미안하지는 않았지만 즐겁지도 않았어. 더 때리고 싶은 마음은 생기지 않았어. 추락하는 기분이었어. 날아오르는 게 아니라, 어딘가로 한없이 추락하는 기분이었어. 누군가를 주먹으로 때린 적이 있었던가. 장난으로가 아니라, 진짜로 온갖 악의를 가득 담아서 누군가에게 사정없이 주먹을 날린 적이, 또 언제 있었던가.

이게 뭐지?

도대체 왜 이래야 하는 거지?

나란 새끼는, 어째서 이토록 보잘것없어야 하는 거지?

잘못 때린 손이 여전히 욱신거렸어. 가슴 또한 이상하게 아팠어. 눈앞에 뿌옇게 흐려졌어. 성분을 알 수 없는 물기가 눈가에 그렁그렁 맺히고 말았어. 이를 악물었어. 눈물을 흘리지 않기 위해서. 바보 천치 같은 모습을 드러내지 않기 위해서.

누군가 내 어깨에 손을 얹었어.

"괜찮냐?"

남진철이었어.

말없이 고개를 끄덕여주었어.

어서 빨리 그곳을 벗어나고 싶었어.

이 지긋지긋한 터널을 한시라도 빨리 탈출하고 싶었어.

다만 그런 마음이었어.

33. 상춘만 교장 물러나다

이른바 상준고등학교-상춘재단 비리 사건은, 우리 엄마 말씀처럼, 이후로 새로운 사실들이 '고구마 줄기 딸려 나오듯' 줄줄 이어지며 그해 겨울을 온통 후끈하게 만들고 있었어. 뉴스를 틀고 신문을 펼치면 관련된 소식들이 연일 새롭게 쏟아지는 중이었어. 대략 2주 넘도록 그런 일들이 이어지는 중이었어.

학교로서는 여러모로 불명예스러운 노릇이었어. 학생들로서는 여러모로 우려스러운 한편 짜릿짜릿 흥분되는 순간들의 연속이었어. 흔한 표현처럼 '단군 이래 최초의' 사학비리 사건. 파고들면 파고들수록 거 참 어이없고 낯 뜨거워지는 사연들만 그득그득 넘쳐나는 판이었어.

그 결정적인 시작은 선생님 일곱 분의 돌연한 양심선언이요 그 장면이 대대적으로 언론에 도배된 일이었어. 물론 그 이전의, 부실감사에 자극받은 익명의 선언문 사건과 재학생 8백여 명이 함께한 평화시위 역시 빼놓아서는 아니 될 요소겠지.

상준고 비리에 대한 특별 감사 사흘 만에, 서울시 교육청의 언론 발표가 이어졌어.

"지난해 2학기 중간고사 때, 일부 학생의 성적을 상향 조작한 것이 사실로 드러났다."

학생들 사이에 요만큼이나마 남아 있던 학교에 대한 믿음이 일시에 무너지는 순간이었어. 여태까지는 다른 학교 다니는 친구들에게 장난처럼 학교 욕도 하고 그랬지만, 이제는 정말이지 상준고 학생이라는 사실이 부끄러워지는 순간이었어.

상춘만 교장을 비롯한 학교 관계자들은 성적 조작에 조직적인 개입이 있었다는 교육청의 발표에 완강히 부인하는 입장이었지. 당연한 일이었지. 나쁜 짓하다가 걸렸을 때 자기 잘못을 순순히 인정하는 '사회 지도층 인사들' 따위는 세상에 없겠지. 예전 같으면 그쯤해서 형식적인 감사를 종결하고 서로 웃는 얼굴로 돌아섰겠지. 몇 달 전의 절차를 그렇게 반복했겠지.

하지만 '저희들끼리 짜고 치는 고스톱'은 더 이상 가능한 현실이 아니었지. 교육청 감사팀은 이어 '불법 찬조금 징수' 문제를 파헤치기 위해 관련 학부모의 명단을 확보하고 사실 확인에 들어갔지. 그리하여 어찌 보면 내신 조작보다 더 추하고 한심한 상준고의 숨은 얼굴이 세상에 모습을 드러내고 말았지.

학기 초마다 담임교사를 통해 찬조금을 내라는 연락을 받았고 그때마다 10~50만 원가량을 학교 측에 전달했다는 둥, 아들이 교사에게 홀대받지 않도록 마지못해 돈을 내야 했다는 둥, 1학년 때 반장 어머니가 연락해 모임을 가졌는데 한 반에 5백만 원이 할당됐다고 해서 열 명이 50만 원씩 거뒀다는 둥, 교사에게 지급해야 할 보충수업비를 학교 측이 착복했다더라는 둥 온갖 증언들이 쏟아진 거지.

교육청 감사팀에 이어 검찰이 나섰지. 서울지검 특수3부는 먼저 경리 담당자 김 모 씨와 재단이사 최 모 씨 등 일곱 명을 소환해 조사를 벌였지. 학교 측의 찬조금 등 기부금 모금 경위와 사용처, 내신 조작을 둘러싸고 금품이 건네졌는지 여부, 보충수업비 등 학교예산의 횡령 여부, 상춘만 교장의 재산 해외 도피와 부동산 투기 등 혐의가 한두 가지 아니었지. 법원으로부터 압수수색영장을 발부받은 검찰은 이어 상 교장 자택과 상준고 교장·교감실 및 재단사무실에 대한 압수수색을 벌였지. 그러고는 참담하기 이를 데 없는 증거 하나를 찾아냈지. 교장의 심복인 장방수 교감의 사무실 캐비닛에 보관되어 있던 1만 원짜리 2백 장, 2천만 원의 현금 다발. 지난 2월, 졸업생들로부터 사은회비 명목으로 1인당 2만원씩 모두 1천 명에게 거둬들인 돈이었지.

양심선언이 있고 정확히 6일 뒤인 월요일 오전, 엄청난 희소식이 우리를 기다리고 있었어. 우리 스스로가 이루어낸 것은 아닐지라도, 그 커다란 변화와 차이가 가능하기까지 미미하게나마 도움을 보탰다고 자찬할 만한 성과. 상춘만 교장이 그날 오전 학교에 사표를 제출했다는 것이었어. 사직서 내용인즉 이랬어.

일신상의 이유로 더 이상 교장 직을 수행할 수 없게 되었음.

승리였어. 우리 모두의 승리였어. 기쁘지만 마냥 즐거워할 일만은 아닌 승리였어.

그즈음 학교 분위기가 어떠했는지, 그 속에서 우리들이 견뎌야 했던 시간들이 어떤 종류였을지 따로 설명할 필요도 없을 거야. 매일매일이 방학식날 같은 나날. 매일매일이 개학 첫날 같은 나날. 매일매일이 어수선하고 집중 안 되는 나날. 공연히 뒤숭숭 싱숭생숭한 나날. 가장 문제라면 그즈음 아이들 사이에 자리 잡은, 어떠한 관계의 곤란에 대한 것이었어. 요컨대 반마다 열 명 내외씩 불법 찬조금을 내야 했던 아이들의 면면이 알기 힘든 경로에 의해 하나둘 밝혀지면서, 그렇지 않은 아이들과의 사이에 보이지 않게 생겨난 불편 같은 것. 어쩌겠어. 결국은 우리들 모두가 풀어나가야 할 매듭이었지.

"거봐요. 괜히 반장 같은 거 했으면 어쩔 뻔했어. 반에서 10등 안에 들었다가 쓸데없이 돈만 날릴 뻔했잖아."

간만에 집안에서 큰소리를 칠 수 있었어.

"훌륭하다. 아주 장해."

엄마는 웃을 듯 말 듯한 얼굴이었어.

"그러잖아도 엄마 친구들이 전화 걸어와서는 니네 둘째 상준고등학교 다니지 않냐, 너는 돈 안 냈냐고 물어보더라. 그래서 엄마가 당당하게 대답했지."

"뭐라고 했는데?"

"걱정해줘서 고맙지만 그럴 필요 없어 얘들아. 우리 애는 반에서 10등 같은 거 잘 모르는 학생이거든."

34. 20세기의 마지막 12월

　이쯤에서 또 하나의 승전보를 알릴 순서군. 그해 겨울 우리들이 맞이한, 기적과도 같은 변화의 실체. 바로 공대현에 대한 이야기를.

　지긋지긋 악명 높던 9반 공대현이, 뭐가 어찌된 건지 확실치 않은 노릇이지만, 언젠가부터 두문불출 학교에서 모습을 보기가 쉽지 않다는 소문이더군. 가출이나 무단결석이 아니라, 학교에 꼬박꼬박 다니고는 있지만 더 이상 예전의 공대현이 아니라더군. 더 이상 아이들을 괴롭히지도 때리지도 돈을 뜯어내지도 않고, 전래동화 속의 마음씨 고친 도깨비 이야기처럼, 한마디로 있는 듯 없는 듯 얌전해졌다더군. 들리는 이야기에 의하면 그 놀라운 변화를 감지 못하고 예전처럼 돈을 상납하러 온 어느 반 아이에게, '제발 다시는 이런 짓 하지 말아 달라'고, 욕 한 마디 섞지 않고 통사정을 했다더군.

　"공대현 그 새끼, 상춘만 교장하고 한통속이었던 게 분명해."
　"맞아. 상춘만이 학교 안팎에서 온갖 위법 불법 탈법으로 자기 배를 불리는 동안, 공대현은 공대현대로 뒤에서 상춘만을 도와가면서 저 하고 싶은 짓을 다 했던 거야. 그러니 세상 쓰레기같이 살면서도 정학 한 번 안 당했던 거야."

"확실해?"

"당연하지. 상부상조. 한 놈이 졸지에 망하니까 또 한 놈이 졸지에 기가 팍 죽고. 그런 우연이 어떻게 가능하겠어."

"상부상조의 '상' 자가 그럼 상춘만의 '상' 자인가?"

"아닌 게 아니라 공대현, 완전 이상해졌다며?"

"내가 봤어. 얌전해진 정도가 아니더라고. 뭐랄까, 내과 수술 잘못해서 장기를 죄다 들어낸 사람 같더라고. 멍하니 정신이 나간 것처럼."

"와 골 때리네. 도대체 무슨 일이 있었기에."

"내가 말했잖아. 상춘만이 좆되니 공대현 새끼도 따라서 좆된 거라니까."

"정민규니 고태훈이니 따까리 새끼들도 뿔뿔이 흩어진 모양이던데."

"당연하지, 군주의 목이 달아난 판인데. 뒈지기 싫으면 당연히 자중하고 몸 사려야지."

"개새끼들 나한테 걸리기만 해봐. 콱 그냥."

"나대고 있다 또."

"하여간 좋구나. 상춘만에 공대현까지. 요샌 정말 학교 다닐 맛 난다."

"맞아. 이대로 1학년 한 번 더 다니래도 다닐 수 있을 것 같아."

"너나 1년 더 다녀라 아상아."

"이 새끼가."

방배동 제임스 딘에서의 그날 그 시간 이후, 학교 안팎에서 남진철과 이승호와 지요한을 다시 만난 적은 없었어. 걔들이 나를 찾아오지도 않았으며 나 역시 걔들을 찾아가지 않았어. 여러 날이 지나도록 복도에서 우연히 마주친 적 한 번 없었어. 부러 조심한 것은 아니고, 어쩌다 보니 그렇게 되었다고 하는 편이 좋겠지. 평소 가깝게 어울리던 사이도 아니었으니까. 예전처럼 함께 만나 은밀히 도모할, 그런 만한 일도 이제는 없었으니까.

만난 적이 없으므로, 그날 이후 우리가 함께 이룩한 승리를 그들 스스로 얼마나 자랑스럽게 생각하고 있을지 알 수 없었어. 그로써 알게 모르게 학교에 찾아든 긍정적인 변화의 흐름들에 대한 자부심이 얼마만 할지 알 수 없었어. 나 또한 믿을 수 없었어. 나야말로 믿을 수 없었어. 맙소사 세상에 이런 일이 가능하다니. 아무도 모르게, 바로 우리가 이런 변화를 이끌어 내었다니.

그렇게 12월이 되었어.

기말고사를 한 주 앞둔 목요일.

급식실에서 우연히 공대현을 만났어.

담임 심부름으로 학교 밖에 나가 뭘 좀 사오느라, 그래서 조금 늦게 점심을 먹으러 간 참이었어. 아이들이 대부분 빠져나간 자리. 저편 구석 테이블에 누군가 앉아 있었어.

오늘의 메뉴. 오징어와 양배추 몇 조각이 들어간 해물짬뽕

국. 얇디얇은 돈까스 반 장. 시금치나물. 깍두기. 잡곡밥.

나처럼 혼자였어. 식판에 얼굴을 파묻고 열심히 밥을 먹는 중이었어. 길고양이 같았어. 꼬리를 빳빳이 세운 채, 경계 어린 눈빛으로 사방을 힐끔거리며, 누군가 길가에 놓고 간 사료를 빠르게 먹어치우는 공대현이었어. 뒷덜미에 쏴아아, 소름이 파도치기 시작했어. 두려움 때문이었어. 하지만 두려움 때문만은 아니었어. 그날 그 시간 더없이 한적한 급식실에서 우연히 공대현을 마주쳤다는 것이, 운명의 더럽고 치사하고 야비한 장난처럼 생각되었어.

시금치나물을 한가득 입에 몰아놓던 공대현이, 자신을 향한 누군가의 시선을 의식했던지, 식판 위로 슬그머니 고개를 쳐들었어. 그렇게 나와 눈이 마주쳤어. 둘 사이의 거리, 대략 20미터. 나만큼은 아닐지 모르지만 제법 놀란 기색이었어. 3초가량, 서로를 바라보았어. 왼쪽 눈가에 노란 반창고를 붙이고 있었어. 남진철이나 이승호에게, 아니면 나에게 얻어맞은 상처인지는 알 수 없었어.

입안에 것을 다시 우물우물, 천천히 씹어 삼키며 공대현이 다시 식판에 얼굴을 파묻었어. 그리고 아까와 같은 속도로 밥을 퍼먹기 시작했어. 여러 밤낮을 굶은 길고양이처럼.

그 모습을, 가만히 지켜보았어.

웬일인지 그 순간, 그 모습을 가만히 지켜보는 것밖에는 아무런 행동도 할 수 없었어.

잠시 후 공대현이 빈 식판을 들고 일어섰어. 묵묵히 식판을 반납하고는, 내 쪽은 돌아보지도 않고, 물론 손을 흔들어 보이지도 않고, 급식실 밖으로 유유하게 사라져갔어.

납득할 수 없게도, 그제야 다리가 후들후들 떨리기 시작했어. 두려움 때문이었어. 하지만 두려운 때문만은 아니었어. 도무지 납득할 수 없게도, 공대현의 뒷모습이 한없이 슬퍼 보였어. 3분 전까지만 해도 배가 고파 죽을 것 같았는데, 이제는 하나도 배가 고프지 않았어.

35. 그렇게 살아가겠지, 적당히

상춘만 교장과 장방수 교감, 재단이사 한 명이 일시에 구속된 것은 양심선언 2주 만의 일이었어.

……검찰은 상 교장에게 특정 경제범죄가중처벌법상의 업무상횡령과 업무방해혐의를 적용했습니다. 지난 94년부터 98년까지 찬조금 15억 2천만 원과 보충수업비 6억 4천여만 원 등 모두 21억 6천여 만 원을 빼돌린 혐의입니다. 학교 부지를 골프 연습장으로 헐값 임대해 학교에 7억 6천여만 원의 손해를 입히고 학생 여덟 명의 내신 성적 조작을 지시해 학교법인 등의 업무를 방해한 혐의도 추가되었습니다. 함께 구속된 장 교감은 최 이사 아들의 국민윤리 과목 성적을 담당교사의 동의 없이 조작해 사문서 위조혐의가 추가되었으며…….

법원 현관을 나와 구치소행 미니버스에 올라타는 상춘만 교장. 오래 묵은 인절미처럼 딱딱해진 얼굴. 물고기 떼처럼 몰려드는 기자들. 여기저기 폭죽처럼 터지는 카메라 플래시. 상춘만 전 교장 구속 수감, 이라고 커다랗게 뜬 자막. TV로 그 장면을 지켜보는 마음이 참으로 복잡했어. 만세! 박수치며 펄쩍펄쩍 뛸 것만 같았는데, 닥치고 보니 그게 아니었어. 왠지 숙연해지는 심정. 역사책의 가장 시시하고 재미없는 단락 한 구석에 슬쩍 끼어든 것만 같은 심정.

상준고 비리를 수사하는 검찰의 칼날이, 이번에는 정치인들을 향하는 중이었어.

상춘만 교장이 국회 교육위원회 소속 국회의원들에게 때만 되면 따끈한 돈 봉투를 전달했다는 것. 학교 안에 공공연히 알려진 비밀이었지. 돈 받아먹은 국회의원들은 보나마나 그 대가로, 감사 등 불이익이 없도록 따끈하게 뒤를 봐주었겠지.

분위기 파악한 국회의원들이 발 빠르게 방어에 나섰지. 어느 당의 A국회의원은 다른 당의 "B국회의원이 국회 교육위의 서울시 교육청 정기 국정감사를 앞두고 상준고 측으로부터 무려 세 차례에 걸쳐 로비자금을 받았다."는 의혹을 폭로했고, B국회의원은 "당시 상준고 측이 비서실에 전달한 돈 봉투를 곧바로 되돌려주었으므로 문제될 게 없으며, 오히려 A의원의 조카딸이 재작년에 상준고 행정실에 취직했다고 하는데 채용에 부정한 청탁이 있지 않았는지 엄중한 조사가 필요하다."며 맞불을 놓았지. 왜 어른들이 정치 이야기만 나오면 어째서 그렇게 국회의원 개새끼들이라고 욕을 하는지 알 것 같았지.

개중에 반가운 소식. '성명서'의 영웅들, 〈상준고 학생 인권

선언)을 썼던 2학년들이 학교로 돌아오게 된 거지. '학생으로서 용납할 수 없는 행동으로 학교의 품위를 손상시키고 면학 분위기를 어지럽혔다.'는, 상준고 소속 선생들 학생들 모두를 통틀어 서너 명도 납득 못 할 이유로 제적된 선배 세 명에 대해 학교 선도위원회가 복학을 결정한 거지.

노량진 학원가를 전전하며 검정고시를 준비하다 거의 한 달 만에 학교로 돌아온 그 선배들. 어떤 심정이었을까. 복학 첫날, 같은 반 학생들로부터 꽃다발과 힘찬 박수를 받았다던데.

다시 한 번, 그렇게 12월이 되었어.

11월 마지막 날부터 시작된 기습한파가 며칠째 이어지고, 급기야 월요일에는 아침 기온이 영하 8도까지 떨어지며 올해 들어 가장 추운 날씨를 기록했어.

얼마 전 고려대 특례입학으로 논란을 일으켰던 '유진'이 속한 여성 댄스 그룹 S.E.S가 3집 음반 발매 2주 만에 판매 신기록을 세우고, 그런데 이미지 변신을 위해 머리를 노랗고 빨갛게 물들였다가 KBS 측으로부터 "머리색 때문에 출연이 곤란하다."는 통보를 받고, K리그 포항스틸러스의 간판 공격수 출신으로 작년 말 일본 세레오오사카로 이적한 황선홍 선수가 한 해 동안 24골을 몰아치며 시즌을 막 끝낸 J리그 득점왕에 오르고, 이동통신 가입자 수가 2천 3백만 명을 돌파하며 핸드폰이 TV와 냉장고와 에어컨과 VTR과 세탁기를 합친 것보다 많이 판매된 전자제품 1위에 오르고. 12월이었어. 1999년이 불과 며칠 남지 않은 즈음이었어.

두 차례 세계대전이 일어나며 1억 명 이상의 사망자가 발생했던, 러시아 혁명으로 공산정권이 등장했고 오래지 않아 붕괴되었던, 일본에 원자폭탄이 터지고 미국 우주선이 달에 착륙했던, 비행기와 페니실린과 컴퓨터와 인터넷이 탄생했던, 그 밖에도 엄청나게 많은 사건들이 엄청나게 많이 발생했던 20세기가 빠르게 저물고 있었어. 불과 며칠 뒤면 그야말로 21세기였어. 뉴밀레니엄에 대한 '막연한 기대감과 근거 희박한 불안'이 아주 많은 사람을 설레게 만들고 있었어.

그리하여 12월.

해가 바뀌면 나이 한 살을 더 먹으며 고등학교 2학년이 되겠지. 당장은 아무 짝에도 쓸모없을 주민등록증도 곧 나오겠지. 하여 고등학교에 입학하기 한참 전부터도 그랬듯, 앞으로도 하루의 적지 않은 시간 동안 내 주변의 아이들과 똑같은 것들을 보고 듣고 배우고 외우고 익히며 살아가겠지. 그렇게 착실하게 공부하는 존재들이 되어가겠지. 여태 그랬듯 앞으로도 그렇게 살아가겠지.

평범한 학생이 되어. 평범한 직장인이 되어. 평범한 남편이 되어. 평범한 어른이 되어. 평범한 부모가 되어. 평범한 사람에서 평범한 사람으로 폴짝폴짝 건너뛰며 나이를 먹어가겠지. 요컨대 빌 게이츠나 마이클 잭슨의 그것과는 크게 다른 삶을 살아가겠지. 최악의 살인마나 사기꾼이 되어 신문에 이름이 오르내리는 일도 아마 없겠지.

역삼초등학교 전설의 3남에 대해 소개하면서 내가 말했잖

아. 대한민국에 서태지가 한 1백만 명 정도 된다면, 강남역 김밥천국에 서태지가 아이들 빼고 혼자 찾아와서 참치김밥에 라볶이를 시켜먹는다 해도 달려와서 사인 좀 해달라고 펄펄 뛰는 팬은커녕 거들떠보는 사람조차 별로 없으리라고. 6학년들이 모두 전교 1위급의 싸움 실력을 가지고 있다면, 그렇다면 학교 꼴이 초등학교 아니라 흉악범 수용소 수준이 되지 않겠느냐고. 세상 사람 모두가 세상 사람 모두로부터 선망 받는 최고의 자리에 오른다는 것은, 가능하지도 않을 뿐더러 그럴 필요도 없는 일이라고.

글쎄.

딱히 최고가 아니라도, 운이 아주 좋다면, 빌 게이츠까지는 아니어도 서울 근교에 별 두 개짜리 관광호텔을 소유한 사장님 정도는 될 수도 있겠지. 노벨 물리학상 수상자까지는 아니어도 지방 도시에 소재한 사립대학교 교수 정도는 될 수도 있겠지. 마이클 잭슨까지는 아니어도 가요 순위 프로그램에 이따금 이름을 올리는 발라드 가수 정도는 될 수도 있겠지. 어쩌면 그럴 수도 있겠지. 어쩌면 그렇지 않을 수도 있겠지. 하지만 그렇지 않더라도, 사는 게 크게 문제될 것은 없겠지.

동사무소에 가서 난생처음 주민등록증을 받아올 나이가 된다는 것은, 미래에 대한 '막연한 기대 근거 희박한 불안'의 세계를 조금씩 졸업해가는 과정 아닐까. 시시하고 재미없는 현실의 미래-미래의 현실을 순순히 인정하고 받아들이는 여정 아닐까.

12월이 가고 1999년이 가고 20세기가 가고, 더욱 현실적인 어른이 되어가겠지. 더욱 평범하고 평범한 어른이 되어가겠지. 그렇게 살아가겠지. 그다지 보잘것없는 미래의 현실을 대충 예상하고 있지만, 그렇다고 포기는 하지 않고 그러나 죽어라 노력하지도 않고, 적당히 그렇게 살아가겠지. 빤히 보이는 삶의 길이 썩 만족스럽지는 않지만, 중간에 포기할 용기도 없으니, 그냥저냥 되는 대로 살아가겠지.

36. 권력의 속성

  공대현의 알몸 사진이, 입에 올리기도 망측한 자세로 그 부위(!)만 덜렁 드러낸 이른바 '노래방 인증샷'이 그에 얽힌 갖가지 억측들과 함께 온 교실에 퍼져나간 것은 기말고사 끝난 다음주, 겨울방학이 멀지 않은 어느 날의 일이었어.

  해괴한 소문이었어. 대단히 고약하고 악의적인 소문이었어. 한편으로 흥미진진 귀가 쫑긋거릴 소문이었어. 누구나 한 번 듣고는 '푸핫!' 실소를 터뜨렸다가 이내 '아니, 도대체 어떻게 그런?' 고개를 갸웃거리게 되는 소문이었어.

  최근에 공대현의 강남 유흥가의 한 폭력조직에 몸을 담게 되었는데, 조직원들의 이탈이나 배신을 막는 예방 차원에서 강제로 찍힌 사진이라는 것. 그게 아니라 어느 조직 중간보스의 애인과 공대현이 눈이 맞았는데, 이 사실에 분노한 조직원들이 단체로 공대현을 응징하고는 멋지게 기념사진까지 찍었다는 것. 그도 저도 아니라 최근 들어 공대현의 일진 짱 자리가 흔들리자, 기존의 따까리들이 합심하여 공대현을 무너뜨린 다음

재기를 막기 위한 보험용으로 그런 사진을 찍어두었다는 것.

jpg 형식의 사진 파일을 A4지에 한가득 프린트한, 해상도가 그다지 높지 않은 흑백사진 한 장. 전교생 수천 명의 손을 거치며 수천 번을 돌려봤는지 나달나달 접히고 귀퉁이가 닳고 찢어져 더욱 흐릿한. 그럼에도 그게 누구이며 어떤 장면인지는 충분히 식별 가능한.

아이들이 미치도록 환호했어. 책상을 두드리며 즐거워했어. 박수를 치고 하이파이브를 하며 행복해했어. 그로 인해 지난 1학년 내내 감당해야 했던 불합리와 억압을 요만큼이나마 보상받았다는 얼굴들이었어.

"와아, 세상에 이런 일이. 세상에 이런 자지 사진이. 와아아."

"이제 좀 알겠다. 공대현 새끼, 바로 이것 때문에 요새 그렇게 죽어 지냈던 거였어."

"그런데 이 사진, 도대체 어디서 난 거냐?"

"몰라 나도. 학교에 몇 장 나도는 모양이던데."

"이건 태영이가 3반에서 가져온 거야. 꿔준 돈 돌려받는 대신 이걸 받았다더라."

"그럼 뭐야, 상춘만이 좆되면서 공대현도 따라서 좆되었다는 거는? 그건 아닌 거야?"

"모르지, 상춘만 교장도 이 비슷한 자지 사진을 찍었을지."

"와 씨발, 보고 싶지도 않네."

"공대현 새끼 지금 뭐하나. 그 얼굴 좀 보고 싶네."

"4교시 앞두고 학교 밖으로 튀었다더라."

"나 같아도 그랬겠다. 질질 짜면서 도망친 거 아냐?"

겨우 내 차례가 되어 나달나달 부스러지기 일보 직전의 종잇장을 받아들었어. 그러나 아이들처럼 낄낄거리며 즐거워할 수 없었어. 책상을 두드리며 환호할 수도 없었어. 종이 위에 거뭇거뭇 프린트된, 참담하도록 익숙한 그 장면에 그만 눈앞이 캄캄해지는 기분이었어.

아이들로서는 그 골 때리는 사진 속에 도대체 어떤 사연이 숨어 있을지 궁금하겠지만, 나로서는 그 망할 사진이 어떤 사연으로 덜렁 유출되었는지 어안이 벙벙할 따름이었어.

방배동 제임스 딘 노래방의 그날 그 시간에 대해서 알고 있는 사람은 세상에 단 여섯 명.

공대현 본인과 남진철, 이승호, 지요한, 나와 박정필.

그날 그 시간의 사진 파일 22개를 사이좋게 공유하고 있는 사람은 세상에 단 네 명.

남진철과 이승호와 지요한, 그리고 나.

그렇다면?

뭔가 잘못되었구나 싶었어. 기분이 좋지 않았어. 몹시 좋지 않았어. 슬그머니 부아가 치밀었어.

6교시 끝나고 남진철에게 찾아갔어. 그리고 (아주 약간은) 따지듯 물었어.

"도대체 무슨 일인지, 무슨 일이 있었는지 나는 모르겠어. 혹시 넌 알아?"

"무슨 소리야."

내가 목소리를 낮추었어.

"그 사진 말이야. 공대현. 학교에 떠돌고 있잖아. 몰라? 못 봤어?"

"알아. 봤어."

남진철은 심드렁하더군. 학교 뒤뜰에 거대한 운석이 떨어졌대도 놀라지 않을 얼굴이더군.

"도대체 어떻게 된 일이냐고. 공대현, 약속 지켰잖아. 그날 이후로 완전히 바뀌었잖아. 다들 신기하다고 할 정도로 얌전히 죽어 지내고 있잖아. 괴롭힘 당하는 애들도 거짓말처럼 없어졌고."

"그런데 뭐."

"그런데 왜 이런 일이 생긴 거냐고. 우리는 왜 약속을, 뭐야, 그때 분명히 약속하기를……."

"잠깐, 잠깐만."

남진철이 왼손을 반짝 쳐들어 내 말의 허리를 끊더군.

"그런데 너, 지금 나한테 따지는 거냐?"

"따지는 게 아니라."

"이 새끼 존나 웃기네. 너는 그럼, 그 사진을 내가 풀었다고 생각하는 거야? 그런 거야?"

"아니. 그렇다기 보다."

"어이가 없네. 사진 파일을 나만 가지고 있냐? 넌 없어? 승호는 없어? 요한이는? 안 그래?"

"……."

"좆까고 있어 씨발새끼가."

피식 웃더군. 그러나 따라 웃을 수가 없더군. 덜컥, 두렵더군. 잠시 잊었을 뿐, 다른 누구도 아닌 남진철이었으니까.

"나대지 마라. 어떻게 된 일인지 나도 모르니까. 그래서 알아보는 중이니까. 괜히 생사람 잡지 말란 말이다. 알았냐?"

"……"

"알았냐고 새끼야."

　겨울방학을 얼마 앞두고, 공대현은 결국 학교를 그만두었어. 안양에 있는 무슨 기술학교인가를 들어간다더군. 본인으로서도 최선의 결정이겠지. 먹이피라미드의 꼭대기에서 거꾸로 추락해 순식간에 가장 밑바닥으로. 그 꼴로 학교에 남아 봐야 좋은 일이라고는 단 하나도 없을 터였으니까. 가만, 그렇다면 내년부터 그 기술학교의 1학년으로 다니는 건가? 그렇다면 도합 2년을 꿇는 셈인가? 이번 사건에 대한 소문이 혹시나 그 학교 애들 사이에도 퍼지는 거 아닐까? 맙소사 공대현, 여러모로 갑갑하겠군.

　공대현이 사라지고 공대현의 세계가 사라졌으므로, 아이들은 빠르게 잊어갔어. 공대현으로 인해 고통 받던 시간들을. 공대현이 주인공으로 등장했던 별의별 두렵고 짜증나고 놀랍고 골 때리는 사연들을. 더불어 공대현이라는 이름으로 불리던 누군가를. 공대현으로 하여금 학교를 떠나게 만들었던 그 해괴망측한 사진 역시도 끝내 불가사의의 영역으로 남겨진 채 빠르게 잊히고 있었어. 그와 관련하여 소변기의 누런 땟자국처럼 번지던, 온갖 흥미진진 확인 못할 소문들까지도.

"그게 권력이다. 바로 그게 권력이야."

"니가 권력을 아냐."

"알지. 징글징글 지저분하고도 무서운 권력의 속성을 웬만큼은 알지.”

좆삐리 정필의 분석은 그러했어.

“남진철로서는, 공대현이 학교에 남아 있는 꼴을 볼 수 없었던 거야.”

“어째서.”

“하늘 아래 두 개의 태양이 떠 있을 수는 없으니까.”

“하지만, 하지만 공대현은 이미 추락할 대로 추락한 몸이잖아.”

“스탈린은 자신의 권력을 굳건히 다지기 위해 간부와 장군 등 수뇌부들부터 죄 없는 양민까지 2백만 명 이상을 숙청했어. 권력은 총구에서 나온다! 이건 자신에게 반대하거나 조금이라도 다른 의견을 가진 자들을 모조리 잡아 죽이며 이 분야 세계 신기록을 세운 모택동의 명언이지.”

“그렇다면 너도, 남진철이 약속을 깨고 사진 파일을 유출했다고 생각하는 거?”

“한심하기는……. 좀 더 수준 높은 질문 없냐.”

“예를 들면.”

“남진철이 2학년 때는 어떤 인간으로 거듭날 것인가, 뭐 그런.”

“뭐야?”

“조용히 학교생활 하겠다는 애초의 의지를 끝까지 지킬 것인가. 아니면 권력의 달콤한 유혹을 못 이기고 결국 공대현의 빈자리를 차지할 것인가.”

“오오, 정말 그런 일이 있을까?”

"질문이냐."

"그렇다 치자."

"내 우문현답이 듣고 싶으냐."

"그렇다 치자."

"공대현이 떠난 자리를 대신 차지할 야욕이 남진철에게 있다면, 적어도 한 가지는 기억해두는 게 좋을 거야. 그게 내 대답이다."

"뭘 기억해."

"세상 가장 높은 자리가 세상 가장 위험한 자리니라."

"뭐래."

"남진철이 아직 네 친구로 생각된다면, 당장 가서 전해. 내 충고 잊지 말라고. 노래방에 꽁꽁 묶인 채 해괴한 누드 사진을 찍고 싶지 않다면."

37. 한 사람이 있거나, 아무도 없거나

집에 오니 5시 48분.

6시도 되지 않았지만 거실은 깊은 새벽 같았습니다. 11월. 날이 짧은 계절이었습니다. 불을 켜고, 노트북 가방과 사들고 온 비닐봉투를 2인용 식탁 위에 내려놓았습니다. 외출복을 벗어 베란다 빨래걸이에 걸고, 난방 보일러를 23도에 맞추고, 밑도 끝도 없이 〈하이누월레 신화〉 한 토막을 중얼중얼 떠올렸습니다. "여기서 무얼 하나요?" "나는 당신을 보러 왔어요." "좋지 않은 생각이에요." 크와조솔라. 크와조솔라. 쇠로 된 허벅지. 화장실에 가서 소변을 보고, 간단하게 씻고, 헐렁한 수면바지를 입고, 그러고는 좁은 마루로 돌아왔습니다.

배가 고프구나.

냉장고에서 밑반찬을 뒤적뒤적, 비닐봉투에서 편의점 도시락을 꺼내 전자레인지에 집어넣고 500밀리 캔맥주의 꼭지를 꺾었습니다. 칙. 바야흐로 홀로 저녁을 맞이하는 쇳소리. 식탁에 앉아 차가운 맥주 두 모금을 벌컥벌컥 들이켠 다음 리모컨을 집어 들어 TV를 틀었습니다. 그러고는 인도네시아 몰루카 제도의 구전 설화 한 토막을 다시금 흥얼흥얼 떠올렸습니다. 대략 한 시간 전에 작업 끝마치고 출판사에 보낸 원고의 어느 장면이었습니다.

지긋지긋하구나 이런 직업병은.

기억하지 않아도 좋을 기억들까지 느닷없이 불쑥 재생되며 머릿속을 피곤하게 만드는 일은.

크와조솔라Kwajosola라는 소녀가 깊은 숲속에서 어머니와 함께 살고 있었다. 마을 사람들은 그것을 알지 못했다. 어느 날 세 명의 남자들이 쿠쑤 사냥을 하러 숲에 가서 다섯 마리의 동물들을 죽였다. 그들은 동물들을 잡아서 고기를 나눠 가졌다. 집으로 돌아가는 길에 그들 중 한 남자가 말했다. "친구들, 내 부싯돌이 없어졌어. 우리 아버지와 어머니에게 내 쿠쑤 고기를 갖다드리게. 나는 부싯돌을 찾으러 돌아가야겠어." 그러나 거짓말이었다. 남자는 사냥 중에 크와조솔라와 그녀의 어머니가 사는 집을 봐두었던 것이고, 혼자 그녀의 집을 찾아가려는 심산이었다. 남자가 도착했을 때, 크와조솔라는 혼자 집에 앉아서 야자수 잎으로 치마를 짜고 있었다. 크와조솔라가 놀라서 물었다. "여기서 무얼 하나요?" 남자가 대답했다. "나는 당신을 보러 왔어요." 그러자 크와조솔라가 말했다. "좋지 않은 생각이에요. 내 어머니는 우리들과 달라요. 날카로운 창 같은 쇠로 된 허벅지를 가지고 있지요. 그녀는 식인종이에요." 그러자 남자가 말했다. "상관없어요. 당신과 결혼하겠어요." 크와조솔라는 남자를 쌀 궤짝에 숨겨놓았다. 저녁에 되어 그녀의 어머니가 집에 돌아왔다. "크와조솔라, 어디서 사람 냄새가 나는구나." 어머니의 질문에 크와조솔라가 고개를 저었다. "어머니, 이 외진 곳에 어떻게 사람이 올 수 있겠어요?"

　스포츠 채널에 맞춰진 TV 화면 위, 승용차 광고가 한참이었습니다. 깊은 밤 텅 빈 고속도로. 신형 세단의 우아한 질주를 멍히 지켜보다가 느닷없이 책장 생각이 떠올랐습니다.
　느닷없이, 라고는 할 수 없으리라.
　6시도 되기 전에 부지런을 떨며 집에 돌아온 것은, 아마도 책상 때문이었습니다. 오피스텔 골목의 편의점에서 이것저것 저녁거리를 고르면서 잠깐 다른 생각으로 헷갈렸던 게, 아마도 책상 때문이었습니다. 책장 속 어딘가에 처박혀 있을 무엇 때문이었습니다.

　거기 있을까.
　있겠지. 아마 그렇겠지.

　방에 들어가 책장 앞에 주저앉았습니다. 매끈한 나무 손잡이를 양손에 잡아 쥐고, 살며시 힘주어 여닫이문을 열었습니다. 오래된 냄새가 훅 풍겨왔습니다. 오래된 종이 냄새거나 오래된 나무 냄새거나 오래된 CD 케이스 냄새거나 오래된 공기 냄새. 책과 책 사이 공간을 부지런히 뒤적거렸습니다. 정리하지도 미처 버리지도 못했으며 다시 사용할 일도 아마 없을 옛날 물건들이 손 가는 곳마다 한가득이었습니다.

찾는 것은 끝내 나오지 않았습니다.

없구나. 안 가져온 모양이구나.
가져온 줄 알았는데, 아니었구나.

마루로 돌아와 차가운 맥주를 두 모금 마시고, 리모컨으로 부지런히 TV 채널을 돌려댔습니다. 전자레인지 안에 편의점 도시락을 집어넣고, 다시 식탁 앞에 앉아 맥주캔을 집어 들었습니다. 9개월. 그 기간을 새삼 떠올려보았습니다.

이곳 오피스텔로 이사 온 것이 올해 2월의 일이었습니다. 영하 17도였던가, 기록적으로 춥던 날이었습니다. 이후로 9개월 동안, 지상 8층의 이곳 15평짜리 공간은 늘 한결같은 상태였습니다. 한 사람이 있거나. 아무도 없거나. 누구도 여기 초대되지 않았고 아무도 여기 찾아오지 않았습니다. 찾아올 만한 사람도 초대할 만한 사람도 없었으며 그럴 뻔했던 사람이, 글쎄, 한 명 정도 있었을까.

전자레인지 돌아가는 소리를 들으며 핸드폰을 집어 들었습니다. 단축번호 1번. 길게 꾹. 신호 연결음이 시작되었고, 그러나 오래 가지 않았습니다.

─여보세요.

"엄마."

-어, 그래.

"……."

-웬일이냐 전화를 다 하고.

"웬일은. …… 아버지는요?"

-나가셨어. 등산 간다고 아침에 나갔다가 아직 안 들어오시네.

"에에."

-뭐해. 지금 어디니?

"집이지."

-저녁은 먹었어?

편의점 도시락이 덥혀지고 있는 전자레인지 쪽을 힐끔 돌아다보았습니다.

"먹었어요."

-별일 없지?

"예."

-집에 언제 올래. 김치 담가놨으니까 가져가. 지난 주말에 형네 왔었는데.

"조만간 갈게요……. 저기 엄마."

-왜.

"혹시 집에, 어어, 내 졸업앨범 있어요?"

-졸업앨범?

"응, 초등학교 졸업앨범."

-별안간 그건 왜.

"뭐 좀 찾아보고 싶은 게 있어서. 그런데 안 보이네. 지난번에 가져온 줄 알았는데."

-거기 없으면 여기 있겠지. 지금 찾아봐줘?

"……아니에요. 여기 없으면, 그래, 거기 있겠지 뭐."

-청소 좀 하면서 살아라. 뭐 좀 먹고 다녀? 술 좀 작작 마시고.

"알았어요. 끊을게요."

-얘는 저 할 말만 하고.

전자레인지가 작동을 멈추었다는 벨소리가 들려오고, 맥주 한 모금을 다시 벌컥벌컥.

가벼운 취기가 싸아아 속을 긁기 시작했습니다.

"저기 엄마."

-말해.

"나 있잖아, 역삼초등학교 때 생각나요?"

-얘는 또 별안간…… 생각나지 그럼.

"……."

-뭐냐, 니네 학교에 무슨 비리가 밝혀져서, 그래서 교장이랑 죄다 잡혀갔잖아. TV 뉴스에도 계속 나오고. …… 아니다. 그건 고등학교 때인가?

자꾸만 신경이 쓰였습니다. 자꾸만 생각이 났습니다. 자꾸만 마음이 갔습니다. 광화문 엔제리너스. 채 10분도 되지 않을 만남. 대략 네 시간 전의 상황으로부터, 대략 네 시간 전에 아주 잠깐 만난 누군가로부터, 이후로 거의 한순간도 벗어날 수 없었습니다. 참으로 내 마음을 나도 알지 못할 노릇이었습니다.

NB STUDIO
대표 남미경
서울시 마포구 연남동 231-23 2층

다시 그 명함을 들여다보았습니다. 업체명과 직함과 주소는 물론 이메일 주소와 개인 전화번호까지, 그러나 남미경을 향한 호기심을 해소하는 데는 요만큼도 도움이 되지 않는 글자들. 스튜디오라니 어떤 종류의 스튜디오일까. NB라니 무슨 약자일까. 서양화와 관계 있는, 은마아파트 아틀미술학원의 나날들과 연결되는 공간은 아닐까. 궁금했습니다. 남미경이 자꾸만 궁금했습니다. 20년 만에 우연히 만나고 이내 헤어진 초등학교 동창의, 어째서 그런 게 다 궁금할까 싶은 신상까지 자꾸만 신경이 쓰였습니다. 자꾸만 생각이 났습니다. 자꾸만 마음이 갔습니다. 책장 밑에서 1996년도 초등학교 졸업장을 무사히 발견했다 한들, 6학년 8반 남미경의 졸업사진을 그 속에서 찾아냈다 한들 해소될 리 없는 궁금증들.

"여기, 뭐하는 데야?"

명함을 받아들었을 때, '미안하지만 나는 줄 게 없네.' 따위의 한심한 소리를 내뱉는 대신에 그렇게 물었어야 했습니다.

돌아오는 대답에 맞추어, 재차 새로운 질문을 이어가야 했습니다. 하지만 그러지 못했습니다. 그 비슷한 생각조차 못했습니다. 정말 쓸 만한 아이디어는 어째서 늘 돌이킬 수 없는 상황이 되어야만 훤히 떠오르곤 하는가.

6시 23분.

명함 속 스튜디오로 전화를 걸어볼까. 전화를 받을 남미경이거나 남미경이 아닐 누군가에게, 아까 실패했던 질문을 이어갈 수 있을까.

자리에서 일어나 도시락이 식고 있을 전자레인지 쪽으로 다가갔습니다. 다가가려다가 말고 식탁 위의 맥주캔을 집어 들었습니다. 다 마셨구나. 비현실적으로 가벼워진 물건을 쥔 채, 시무룩하게 다음 동작을 궁리했습니다.

머릿속은 다시 1999년, 그해 겨울을 향해 먼 여행을 시작하는 중이었습니다.

38. 가슴속 3.5센티미터

크리스마스를 일주일 앞둔 12월 세 번째 토요일.

주말 내내 추운 날씨가 이어지고 오후 늦게부터는 전국적으로 눈이 내릴 거라는 일기예보. 역사적인 날이었어. 아침부터 마음 바쁜 날이었어. 어쨌거나 내 스스로의 필요에 의해 내 스스로 주도하고 여러 날을 준비한 끝에 많은 사람들과 함께하는, 생애 최초의 행사가 있는 날이었어.

공들여 머리를 감고, 짧은 머리지만 잘 말린 다음 무스를 조금 발라서 세웠어. 왼쪽 입술 위에 크게 돋은 여드름 하나를, 눈 질끈 감고 힘차게 짜낸 다음 구멍이 뻥 난 자리에 연고를 살살 발라주었어. 제일 좋아하는 청회색 와이셔츠를 입고 그 위에 감색 니트 조끼를 입었어. 그러고는 욕실 거울에 비친 내 모습을 이리저리 비춰보았어.

이만하면 거의 완벽하군.

좋아, 가슴을 쫙 펴자. 오늘은 안 좋은 일 같은 건 절대 있을 수 없는 날이니까.

"어디 가니."

점퍼 입고 가방 메고 현관에 서는데 엄마 목소리가 들려왔어.

"동창회요."

"오늘이야?"

"응."

"어쩐지 아침부터 목욕을 다 하고……. 여자애들 많이 나온대?"

"아 몰라. 여자애들은 무슨."

"저녁에 한다며 왜 벌써 나가."

"미리 준비할 것도 있고."

"역시 동창회장님은 다르시네."

"…… 갔다 올게요."

"얘!"

"아 왜요."

"이거 필요 없어?"

엄마 손에 들린 만 원짜리 두 장. 잽싸게 팔을 휘둘러 녀석들을 낚아챘어.

"다녀오겠습니다!"

강남역 뉴욕제과 앞.

눈이 내린다더니 내내 찌푸린 회색 하늘.

휘문고등학교 다니는 신동해를 간만에 만났어. 동창회 포섭자로 가장 먼저 점찍었던, 내 압력에 어쩔 수 없이 참석하는 첫 번째 희생자였어.

"토요일인데 잠도 못 자게."

"잘 살았냐."

"애들 많이 온대?"

"열다섯 명. 남자 여덟 여자 일곱. 아마도."

"회비가 뭐 그렇게 비싸. 그 돈이면 PC방이 몇 시간인데."

"한심한 인간아 사회생활 좀 해라. 친구를 돈으로 살 수 있을 거 같으냐."

연신 투덜거리는 녀석을 이끌고 간판 제작업체에 들러 예약한 물건을 찾았어. '경 제1회 역삼초등학교 18기 동창회 축. 1999년 12월 18일'이 적힌 현수막. 현장으로 직접 가져와서 설치해주기도 하는데 그러면 돈이 더 든다기에 직접 발품을 파는 중이었어. 문구점에 가서는 상품으로 쓸 물건 몇 가지를 골라 알록달록 예쁘게 포장하고, 마지막으로 슈퍼마켓에서 과자와 과일 등을 골라 담고 쉴 새 없이 걸음을 옮겼어.

양손 가득 짐을 들고 뒤따르던 동해가 다시 투덜거렸어.

"이렇게 많이 사?"

"다 필요한 거야. 사람이 몇 명인데."

"천천히 좀 가자. 뭐 그렇게 신이 났냐."

"신났다고? 내가?"

"아니냐."

"전혀 아냐. 미리 준비할 게 많아서, 그래서 마음이 조금 바쁠 뿐이라고."

동해는 어떻게 생각할지 모르지만 오늘의 행사에 대해, 요만큼의 기대감도 가지고 있지 않은 편이었어. 동해는 거짓말이라고 생각할지 모르지만, 오늘의 행사가 그저 별 탈 없이 무사히 치러지기만을 바라는 편이었어. 내 스스로의 필요에 의해 내 스스로 주도하고 여러 날을 준비한 끝에 많은 사람들과 함께하는, 그런 의미에서 생애 최초로 기록될 행사였지만, 엄밀히 말해 나를 위한 필요는 아니었으니까. 이제는 추억의 이름이 되고 만 누군가를 위해 기획되었던, 태생부터가 떳떳치 못한 동창회였으니까.

역삼초등학교 정문에서 사거리 오른편으로 3백 미터. 공인중개사 사무소 옆건물. 거의 한 달 만에 다시 그곳을 찾았어. 영동돈까스.

"왔구나."

가게 안에 들어서자 주방 쪽에서 두 사람이 아는 체를 했어. 덩치 큰 송수림과 덩치 큰 송수림을 꼭 닮은 덩치 큰 송수림의 엄마였어.

"안녕하세요."

"일찍 왔네. 점심들 먹었니?"

송수림 엄마가 물었고, 창가 구석 테이블에서 식사를 하던 아주머니 손님 둘이 우리들을 힐끔.

"예 먹었어요."

"옆에 친구는 처음 보네."

"안녕하세요."

"너 신동해지? 2학년 7반."

송수림이 지난번에 이어 다시 한 번 자신의 신들린 기억력을 과시했어.

"키 많이 컸네. 그땐 되게 쪼끄마했는데."

"그랬나."

동해가 머쓱하게 고개를 갸웃.

"차연아, 뭐부터 준비해야 되는 거야?"

"일단 자리를 한쪽으로 옮기고. 그리고……."

"아, 기대된다. 간만에 애들 만날 생각하니까 괜히 설레네."

앞치마에 손을 닦으며 주방에서 돌아 나오는 송수림을 보자니 공연히 가슴이 무거워졌어. 태생 자체는 떳떳치 않지만 어쨌거나 명백히 나로 인해 시작되는 오늘의 행사를 앞두고 설레는 아이가 있구나. 저마다의 사연과 이유로 동창회에 찾아올 아이들로서는, 정작 내 입장에서는 별다른 기대감도 애정도 없는 오늘의 행사가 나름 반갑거나 즐겁거나 재미있거나 또는 시시한 시간들일 수 있겠구나. 개중에는 오늘 하루를 나름 각별한 장면으로 기억할 아이들도 있겠구나. 거 참 의도치 않게 뒤틀린 운명들이로구나.

늦은 점심을 먹던 아주머니 손님들이 떠나고 3시 40분쯤, 임시로 가게 문을 닫았어. 5시부터 8시까지 세 시간 동안 진행될 동창회 준비가 본격적으로 시작되었어. 바로 그즈음, 기대 안 했던 인간이 맞춤하게 찾아왔어. 정필이었어. 토요일에 할머니 댁에 가야 한다며, 미안하지만 갑자기 그럴 일이 생겼다며 배신을 때리더니. 이렇게 나타나면 더 반가워할 줄 알았냐?

"오, 좆삐리! 못 온다더니?"

"오, 동해! 오랜만!"

"잘 사냐."

"휘문 다닌다며."

"너는 상준? 어쩌냐."

"그러게."

정필이 동해와 하이파이브를 짝.

"못 온다더니."

"어, 할머니 댁은 내일 가기로 했어. 갑자기 그럴 일이 생겨서."

"갑자기 그럴 일이 잘도 생기네."

"그러게 갑자기들 그러네."

"어서 일하자. 아참 너!"

"뭐."

"회비 내."

노랑 분홍 초록의 형광색지에 검은 매직펜으로 '역삼초등학교 18기 동창회 오는 곳'이라 쓰고, 그걸 화살표 모양으로 오리고, 오린 것을 영동돈까스 주변 벽과 길바닥에 15개 정도 붙이고, 가게 문 앞에도 비슷한 안내문을 두 장 붙였어. 테이블과 의자들을 한쪽으로 몰아서 객석과 무대를 분리하고, 마이크와 스피커 시설을 설치했어. 무대 중앙에 아까 가져온 플래카드를 걸고 그 양쪽에 알록달록 풍선들을 매달아 붙였어. 한창 바쁜 와중에 또 한 명이 찾아왔어. 내 마음의 문을 열고 뚜벅뚜벅 걸어 들어왔어. 나 대신 송수림이 반갑게 인사했어.

"미경아."

"늦어서 미안."

"늦기는 아직 시작도 안 했는걸. 앉아. 음료수 한 잔 줄게."

"일찍 와서 도와야 했는데. 수고 많다 얘들아."

삐뚤어진 플래카드의 왼쪽 오른쪽 높이를 조절한다고 헤매는 정필과 동해를 향해 남미경이 팔랑팔랑 손을 흔들었어. 그러고는 나를 돌아보았어.

"오랜만."

"어 안녕."

하얀 롱패딩을 벗자 무릎 아래까지 내려오는 쥐색 주름치마와 갈색 발목부츠. 변함없이 까맣고 단정한 머리칼과 새하얀 이마와 귀여운 눈과 코와 빰과 귀와 입술. 아침에 눈 뜨고부터, 적어도 영동돈까스에 와서부터는 15초마다 한 번씩 떠올렸던 그 얼굴. 가슴속 어딘가, 너무 깊지도 너무 얇지도 않은, 대략 3.5센티미터쯤 되는 어딘가 간질간질 알 수 없는 기운이 흠뻑 번지는 중.

"준비 많이 했어?"

"그럭저럭."

"저게 그 플래카드구나."

"응. …… 미술학원 갔다 온 거야?"

"아니 그건 아니고 다른 일이 좀 있어서. 나, 뭐 도와주면 돼?"

송수림이 내미는 음료수 잔을 남미경이 건네받았어.

"고마워. 아, 눈 오더라."

"정말?"

"응, 아주 조금씩. 먼지 날리듯이."

"그래. 눈 온다고 했지."

이런저런 사연 끝에 막이 오르는 동창회 자체에는 좀처럼 어떤 기대감도 애정도 생겨나지 않았지만, 그럼에도, 다가오는 오늘 이 시간으로 인해 며칠 전부터 마음의 갈피를 잡을 수 없었어. 어제는 오늘을 앞둔 설렘으로 온종일 책 속의 글자 한 자 눈에 들어오지 않았으며 급기야 오늘 아침 눈을 뜨고는 이 것이 내 생애에 좀처럼 찾아오지 않을 하루라는 사실에 가슴이 먹먹해졌어. 그리하여 정성껏 씻고 가꾸고 옷을 골라 입는 데만 두 시간을 할애하고도 모자라는 심정이었어.

남미경 때문이었어.

남미경을 향한 내 마음 때문이었어.

12월.

해가 바뀌면 나이 한 살을 더 먹으며 고등학교 2학년이 되겠지. 당장은 아무 짝에도 쓸모없을 주민등록증도 나오겠지. 그렇게 살아가겠지. 여태 그랬듯 앞으로도 대충 그렇게 되겠지. 평범한 학생이 되어. 평범한 직장인이 되어. 평범한 어른이 되어. 평범한 부모가 되어. 평범한 사람에서 평범한 사람으로 폴짝폴짝. 요컨대 빌 게이츠나 마이클 조던이나 마이클 잭슨과는 무척 다른 삶을 살아가겠지. 최악의 살인마나 사기꾼이 되어 신문에 이름이 오르내리는 일도 아마 없겠지.

운이 아주 좋다면 빌 게이츠까지는 아니어도 서울 근교에 별 두 개짜리 관광호텔을 소유한 사장님 정도는 될 수도 있겠지. 노벨 물리학상 수상자까지는 아니어도 지방 도시에 소재한 사립대학교 교수 정도는 될 수도 있겠지. 마이클 잭슨이나 서태지까지는 아니어도 가요 순위 프로그램에 이따금 이름을 올리는 발라드 가수 정도는 될 수도 있겠지. 그렇게 평범하고 평범한 어른이 되어가겠지. 보잘것없는 미래의 현실이 대충 눈에 보이겠지만, 그렇다고 포기는 하지 않고 그러나 죽어라 노력하지도 않고, 적당히 그렇게 살아가겠지.

하지만 단 한 가지.

하지만 단 한 사람.

남미경에 대해서만큼은 대충 그렇게 평범할 수 없었어.

남미경에 대해서만큼은 대충 그렇게 평범하고 싶지 않았어.

왜냐하면, 남미경이었으니까.

남미경이야말로 피할 수 없으며 피하고 싶지도 않은 이유이자 원인이었으니까. 지치도록 평범했고 평범하며 또한 평범할 내 인생에, 남미경만은 절대 그와 같아서는 아니 될 단 하나의 예외였으니까.

지금보다 더 많이, 남미경을 알고 싶었어.

지금보다 더 깊이, 남미경을 이해하고 싶었어.

사람이 사람을 알아간다는 것. 누군가를 그 사람 자신 이상으로 이해할 수 있다는 것. 관계에 있어서 그만큼 값진 기본이 어디 있겠어. 반대로 상대방에 대해 잘 알지도 못하면서 그 사람을 진정 사랑한다고 자신한다면, 그야말로 얼마나 딱하고 한심한 일이겠어.

역삼초등학교 시절 3남 가운데 한 명. 거의 모든 남자 아이들로부터 주목을 받을 만큼 예쁜 얼굴 때문에 그 시절부터 길거리 캐스팅 등등의 소문이 끊이지 않았던, 얌전하고 깔끔한 성격에 공부도 웬만큼 하는 아이. 지금은 세진여고에 다니는 중이고 역삼동 진달래아파트에 살고 있다는 것. 1학기 때는 방송부 활동을 잠깐 했고 지난 8월부터는 대치동 '아를미술학원'에서 주 3일씩 수업을 듣는다는 것. 언젠가는 결국 포기하게 될 그림 공부를 지금은 멈출 수 없어서 계속 하는 중이며 고흐가 생애 마지막 예술 혼을 불태운 남프랑스 아를을 가장 가보고 싶은 여행지로 꼽고 있다는 것.

남미경에 대해서 내가 아는 것이라곤 고작 그 정도였어. 안타깝지만 그 이상은 기회가 없었어.

그리고 앞으로는, 지금보다 많이 남미경을 이해하고 싶었어.

가능하다면 남미경에 대한 모든 것을 알고 싶었어.

아주 어린 시절은 어떤 모습이었는지. 재작년과 작년에는 어떤 중학생이었는지. 내년과 내후년에는 어떤 고등학생일지. 20대에는, 30대에는, 그 이후에는 어떠한 모습으로 어떻게 나이를 먹어갈지. 남들과 함께 있을 때는 물론 혼자 있는 뒷모습은 어떠할지. 남미경만이 알고 있는 비밀부터 남미경 자신도 기억 못하는 가족 앨범 속 사진에 담긴 사연들까지.

그러기까지, 앞으로 할 일이 많았어.

그러기까지, 앞으로 갈 길이 멀었어.

39. 믿지 않았어. 그녀의 일방적인 얘기들

4시 넘어서부터 하나둘 아이들이 찾아오기 시작했어.

교무실에 처음 불려온 전학생처럼 조심히 영동돈까스에 들어선 얼굴들이, 아까부터 행사 준비에 바쁜 진행요원 친구들의 환영을 받으며 조금씩 밝아지고, 두꺼운 점퍼와 코트를 벗고 미리 준비된 '6학년 ○반 ○○○' 이름표를 가슴팍에 붙이고 정해진 자리에 찾아가 앉아서는, 미리 도착해 있는 친구들과 아는 체를 하며 비로소 환하게 웃었어. 5시 넘어서는 오기로 한 인원이 대부분 참석했어.

아쉽지만 갑자기 일이 생겨서 참석 못할 것 같다던 친구 한 명이 뜻밖에 와주고, 꼭 간다고 약속했던 친구 두 명이 끝내 나타나지 않았어. 그렇게 여자애들 일곱 명 남자애들 아홉 명. 8백 명 넘는 졸업생을 생각하면 조금 아쉬운 숫자였지만 그다지 넓지 않은 가게 안에 옹기종기 모여 앉으니 그런대로 '모임' 같았어.

5시 11분. 무대 앞에 나가 마이크를 잡았어.

"아. 아."

자연스럽게 행사 시작을 알리는 마이크 테스트. 그러자 개구리 떼처럼 와글거리던 소음이 일시에 딱 잦아들더군. 마이크를 쥐고 선 내 모습에 아이들이 장난처럼 와아, 환호의 박수를 치더군. 한구석에 모여선, 행사 준비에 열심이던 진행요원들이 서로를 돌아다보며 키득대더군.

"이제부터, 으흠,"

괜히 긴장되더군. 일제히 나를 향한 수십 개의 시선들. 이게 뭐라고, 3만 관중 앞에 선 것도 아닌데, 괜히 떨리더군.

"그럼 이제부터 제1회, 역삼초등학교 18기 동창회를 시작하겠습니다!"

대기 중이던 행사곡 〈Congratulation〉의 그 유명한 전주, '빰빠밤빠밤 빰빠밤빠밤 빰 쿵쿵쿵쿵'이 딱 맞추어 흘러나왔어. 아이들이 다시 힘껏 환호했어. 어디서 그딴 것을 배웠는지 손가락을 구부려 입에 넣고는 휘익, 소리 높여 '부잉'을 하는 녀석들도 있었어. 쓸데없이 감격스러워지는 순간이었어. 남미경 송수림 박정필 신동해 등 진행요원들을 재차 돌아보았어. 나와 눈이 마주친 남미경이, 슬그머니 아이들 쪽으로 시선을 돌렸어.

첫 동창회가 그럭저럭 진행되었어.

사회자의 호명에 따라 참석자들이 한 명씩 일어나 자기소개를 하는 출석 확인 순서에 이어, 미리 부탁한 대로 서울예고 성악과에 입학했다는 차승혜가 용감하게 무대로 나와 마이크를 잡았어. 힘찬 전주가 시작되었어. 동창회의 분위기를 돋우는 축가는 가곡도 오페라 아리아도 아닌 김현정의 〈그녀와의 이별〉이었어.

믿지 않~았어
그녀의 일방적인 얘기들
나를 속~이며
그동안 만나왔단 얘기도
너를 사~랑한
그녀의 거짓말이었기를
비참하~게 난
끝까지 어리석게 널 믿어버렸어……

쿵닥쿵닥 비트 강한 댄스곡을 마치 성악곡 부르듯 열창하는, 좀처럼 접하기 힘든 공연에 우리 모두를 미친 듯 환호하지 않을 수 없었지. 이어 신동해의 사회로 시작된 〈추억의 퀴즈〉 순서. 5, 6학년 시절에 얽힌 갖가지 기상천외한 문제를 내면 저마다 번쩍 손을 쳐들며 열심히 호응하고, 지목을 받은 누군가 답을 맞히고 예쁘게 포장된 상품을 받고, 아쉽게 기회를 놓친 아이들이 길게 탄식을 질렀지.

테이블마다 놓인 종이접시 위의 과자를 집어먹으며 페트병의 탄산음료를 마시며 아이들이 빠르게 소란스러워지고 있었지. 1995년 4월 어느 날, 5교시 끝나고 쉬는 시간 정도로 되돌아간 것 같았지. 누군가의 지휘로 교가를 합창할 때는 거기 모인 우리들이 과연 같은 학교를 다니며 같은 시절을 공유했던 동창들임을 절로 실감하지 않을 수 없었지. 그새 주방에서는 돈까스 튀기는 냄새가 고소하게 이어지고. 커다란 음식접시들이 여기저기 테이블로 바삐 옮겨지고.

　나로서도 무척 반가운 데다 인상적인 장면이 있었으니 졸업 후 처음으로 목진서를 만난 일이었지. 동창회를 처음 궁리하던 즈음, 과연 몇 명이나 찾아올까 이러다 우스운 꼴 나는 거 아닐까 근심 걱정 속에 졸업장을 뒤적이며 되는 대로 전화를 돌리던 즈음, 내 선택에 희생된 한 명이 목진서였지. "일정이 정해지면 꼭 참석하겠다."고 순순히 대답하기에, 그래 놓고 감감무소식인 놈들이 한둘이 아닌지라, 이 녀석의 경우는 어떨까 궁금하다 말았는데 과연 시간 맞춰 영동돈까스에 나타나준 거였지.

　"우와 목진서! 우와아아 진짜 왔네?"

　목진서가 특유의 덧니를 드러내며 히죽 웃었지.

　"온다고 했잖아."

　"정말 오랜만이다 너. 와아아."

　"그러게. 반갑다."

　"잘 지냈어? 영동고등학교 다닌다고?"

　"응. 차연이 너는 상준?"

　"맞아."

　"요번에 고생 많았겠네."

　"고생은 뭐."

　"너희 학교 정말 대단하더라. 학생들이 힘 합쳐서 비리 교장을 쫓아내고."

"······ 난 별로 한 것도 없어."

반가웠어. 진짜 반가웠어. 6학년 내내 서로에게 거의 유일한 도시락 친구. 빨갛게 파 마늘 양념한 두부조림 반찬으로 굳게 맺어진 사이. 중학교 때 학교가 갈린 이후로 연락이 끊어지다 시피 했거든. 점심시간에는 늘 함께 밥을 먹었지만 그 외의 시간에는 늘 모른 척 떨어져 지냈던 것처럼.

목진서. 단언컨대 역삼초등학교에서 가장 못생겼던 녀석. 그런데 희한하게도, 목진서가 더 이상 예전처럼 못생긴 목진서가 아니었어. 사람 얼굴이라는 게 성형수술을 하지 않아도 나이 들면서 바뀌기도 하는 법이라더니 과연 그러한가. 4년 만에 다시 만나는 목진서는, 예전 모습이 여전히 남아 있긴 했지만, 그럼에도 예전처럼 심하게 못생겼다는 느낌은 별로 들지 않았어. 스포츠형으로 늘 짧게 자르고 다니던 머리 모양이 바뀌어서일까. 알이 뿌옇던 갈색 뿔테 안경이 날렵한 은테 안경으로 바뀌어서일까. 눈가에 별처럼 흩뿌려진 주근깨도 오른쪽 광대뼈 아래 커다란 점도 그대로인데 어쩜 이렇게 달라 보일까.

"어이 한따."

"어 형철아."

"쟤 혹시 목진서냐?"

"맞아."

"와아."

"놀랍지?"

"놀랍다. 와 정말이네."

오죽하면 그렇게 묻는 친구들이 있었으니.

가장 놀라운 것은 목진서의 키였어. 6학년 때는 늘 고개 숙여 내려다봐야 했던 녀석이 나보다 한 뼘 정도는 커졌더군. 어깨도 제법 넓어졌더군. 그간 뭘 먹고 살았기에. 빨간 양념 두부?

긍정적으로 변신한 왕년의 목진서가, 저편 자리에서 그야말로 왕년의 남미경과 마주 앉아 대화를 나누는 중이었어. 목진서가 제법 수다를 떠는 모습이었고 남미경이 제법 경청하며 간간히 미소 짓는 중이었어. 그 대화가 길어지는 중이었어. 목진서의 훌쩍 커진 키가 분하지는 않고 다만 놀랍듯, 두 사람이 함께 있는 장면이 불만스럽지는 않고 다만 흥미로웠어. 그래, 둘이 같은 무지개아파트에 살았다고 했지. 목진서 엄마와 남미경 엄마가 친구 사이라고 했지.

한참 무르익어가는 동창회의 풍경으로부터 한 발짝 벗어나, 잠시 고개 돌려 창밖을 바라보았어.

어느새 어두워진 하늘가.

소리 없이 눈이 흩날리고 있었어.

40. 러브레터. 그리고 러브레터

예정된 시간보다 늦게 모임이 끝났어.

"그런데 우리 이렇게 헤어지는 거냐?"

"2차 가자."

"내년 여름에 보자고. 2회 모임 때."

"그때는 지금보다 더 많은 애들이 참석했으면 좋겠다."

"어이 주달, 전화해."

"오냐 잘 가라."

"승미야, 너 살던 데 그대로지?"

"응, 같이 가자."

세 시간 전에 비해 몇 배는 화기애애해진 분위기. 영동돈까스 가게 앞에 우르르 모여선 아이들이, 그런저런 인사들을 얼기설기 주고받으며 빠르게 흩어져갔지. 남은 시간이 많지 않았지. 늦어도 9시까지는 가게를 비워줘야 했지. 깨끗하게. 원래 있던 상태 그대로.

내내 수고해준 진행요원들이 다시 바빠졌어. 마이크와 앰프

스피커 시설을 거둬들이고, 벽에 붙인 플래카드와 풍선들을 제거하고, 동창회 장소를 알리는 가게 안팎의 형광용지들은 물론 들러붙은 테이프 자국까지 말끔히 떼어냈어. 바닥을 한 차례 쓸고 닦고, 테이블과 의자들을 원상태로 돌려놓고, 어질러진 물건들을 말끔히 정리하고, 잡다한 쓰레기들을 한데 모아 버렸어. 마지막으로 가장 중요한 순서. 거둬들인 회비로 음식 값을 일괄 계산했어. 수림이 엄마가 사정을 많이 봐주신 덕에 외려 돈에 조금 남아서, 그걸 다음 모임의 경비에 충당하기로 했어.

"고생들 많았네. 힘들지?"

"아니에요. 덕분에 행사 잘 치를 수 있었어요."

"깨끗이 정리하고 청소까지 해주고. 고맙다."

"뭘요, 저희가 감사드립니다."

"수고 많았어. 또 놀러들 와."

"안녕히 계세요!"

씩씩하게 합창하고 영동돈까스를 탈출했어.

난생 첫 동창회 무사히 성료.

내 안에 위태위태 쌓였던 긴장의 모래탑이 와르르 무너져 내리는 중이었어. 그 느낌이 나쁘지 않았어. 시원섭섭했어. 세 시간여를 어떻게 보냈는지 그저 얼떨떨했어.

9시 12분. 역삼초등학교 앞.

어둔 하늘에서 푹신한 눈송이들이 두둥실, 4월 바람을 만난 꽃잎처럼 흩날렸어. 꽤 추웠지만 추워서 죽을 정도는 아니었어. 우리는 이쪽으로 갈게. 의리 넘치는 정필이 다시 나섰어. 어리둥절 하는 동해를 거의 잡아끌다시피 저편 강남역 쪽으로 멀어져갔어. 그리고 내 곁에는 단 한 사람이 남아 있었어.

그 시간 온 우주를 통틀어서 나와 가장 가까운 거리에 존재하는 사람.

남미경이 걸었어.

말없이 앞장서서 걸었어.

그래, 멍히 서 있기보다는 어디로건 걷는 게 어울리는 날씨였고 시간이었으니까

내가 보조를 맞추어 함께 걸었어.

걸음을 멈추지 않은 채, 남미경이 말했어. 내 얼굴이 아니라 앞서 나아갈 길을 바라보면서.

"축하한다."

걸음이 조금씩 빨라지는 중이었어.

"축하는 왜."

"동창회, 성공적으로 끝난 거."

"내가 축하받을 일인가."

"나이 드니 별안간 옛날 친구들이 그립더라며. 소원 이뤘잖아."

"아하."

덩달아 발소리가 조금씩 다급해지고 있었어.

"너 덕분이야."

"내가 뭘."

"너가 옆에서 도와주지 않았으면, 되게 힘들었을 거야. 여러모로."

그런데 미안하지만, 그놈의 동창회 이야길랑 이제 그만하면 안 될까. 다 끝난 일이니까. 대신에 지금부터 새로운 이야기를 새롭게 시작해보면 어떨까. 예를 들어 〈러브레터〉 같은.

〈러브레터〉. 이와이 순지 감독. 나카야마 미호 주연. 1999년 11월 20일 개봉.

불의의 산악 사고로 약혼자가 잠들어 있는 설원을 향해 "오겡끼데쓰까!" 두 손 모아 외치는 후지이 이츠키의 희고 가는 손목. 괜찮은 영화라더군. 가슴 아련해지는 작품이라더군. 그즈음 개봉작들 가운데, 청춘 남녀가 함께 보기에 딱 좋은 영화라는 평이 자자하더군.

"영화 보러 가지 않을래? 다음 주에."

남미경에게 그렇게 말할 생각이었어. 자연스럽게. 최대한 자연스럽게. 기를 써서라도 자연스럽게. 갑자기 무슨 영화?, 라고 혹시 묻는다면 이렇게 대답할 생각이었어.

"〈러브레터〉. 알지? 되게 좋대서."

하지만 〈러브레터〉만으로는 뭔가 부족할 것이기에, 그러나 예의 부족을 내 부족한 언변으로 채우기란 쉽지 않을 터였기에, 궁리 끝에 편지를 썼어. 펜을 들고 종이 위에 내 마음을 전했어. 그간 밝히지 못한 뒷이야기들을, 일찍이 실토 못한 사연들을 소상히 설명하고 용서를 구했어. 아울러 갈수록 진지해지는 내 안의 사연에 대해서도 솔직하게 담백하게 조금은 장황하게 늘어놓았어.

종이 편지라니 이거 조금 구질구질한걸. 하지만 별수 없지 내가 생겨먹은 게 그렇게 구질구질한걸. 나로 말하자면, 누구

앞에서 말을 하는 것보다 종이 위에 글을 쓰는 게 훨씬 편하고 익숙한걸. 하고 싶은 이야기가 심각할수록 전하고 싶은 마음이 절절할수록 그 방법이 훨씬 수월한걸.

누군가를 좋아한다는 것.

난생처음 경험하는 신세계.

하지만 자신 있었어. 왠지 자신이 있었어. 뭐든 잘 할 것 같았어. 무엇이든 잘 해낼 수 있을 것 같았어. 이 문제에 관한 한 뭐든 원하는 쪽으로 좋은 방향으로 이뤄질 것만 같았어. 두근두근 근거 없는 자신감 또한 난생처음이었어.

"저기, 그런데 너…… 지금 어디 가는 거야?"

문득 걸음을 멈추고는 그렇게 물었어. 내가 아니라 남미경이 나에게 물었어. 숨이 차는지 어깨를 얕게 쌔근거리면서.

"나?"

조금 당황한 내가 되물었어.

"……."

"나는, 어딜 가는 게 아니라, 음, 그냥 걷는 중이지. 너랑 같이."

그러자 남미경이 나를 바라보았어. 아주 잠깐. 그러고는 이내 시선을 돌렸어. 드넓은 강물 같은 8차선 찻길 위, 차량과 불빛과 소음이 시종 어둠 속에 유유히 물결치는 세상으로.

"미안한데 나, 혼자 가면 안 될까."

"응?"

"실은 지금 약속이 있거든. 그래서."

"아……."

"미리 말 못해서 미안해. 나 갈게."

"어어. 미경아."

남미경이 다시 걷기 시작했어.

빠르게. 아까보다 조금 빠르게.

안 된 노릇이지만 재차 그 뒤를 쫓아가지 않을 수 없었어.

"잠깐만. 할 말 있어."

생각해보니 그렇더군. 세 시간 넘게 동창회가 진행되는 동안, 남미경과 함께했던 시간은 모두 합쳐 10분도 되지 않는 것 같더군. 바빴으니까. 말이 동창회장이고 진행요원이지 음식 나르고 빈 접시 치우는 일만으로도 손이 모자랄 지경이었으니까. 하지만, 그렇다고, 그 와중에 남미경이란 존재를 까맣게 잊었던 것은 아니었어. 잊다니. 그 시간과 공간 내내, 남미경이 있는 위치를 향해 보이지 않는 신경을 온통 집중했어. 그 상황이 내심 야릇하고 야릇했어. 여기 모인 애들 가운데 남미경과 가장 친한 누군가가 있다면, 바로 나겠지. 여기 찾아온 남자애들 가운데 장차 남미경과 가장 각별한 사이가 될 누군가가 있다면, 또한 나겠지. 이 엄청난 비밀을 혼자만 알고 있는 누군가가 역시 나겠지.

남미경이 쉬지 않고 걸었어.

양해의 말에도 불구하고 줄기차게 곁을 따르는 나 때문인지, 조금은 경직된 얼굴이었어.

"나 약속 있다니까. 정말이야."

"알아. 난 다만,"

"그만 가주면 안 돼? 제발."

난처함이, 약간의 짜증이 그 작은 얼굴에 꽃물처럼 번지고 있었어.

왜 이럴까. 얘가 갑자기 왜 이럴까.

무엇이 남미경을 짜증나게 했을까. 내가? 동창회가 진행되는 내내 자신에게 요만큼도 관심을 가져주지 않아서? 그게 아니라면, 동창회인지 뭔지 한다고 이래저래 들볶였던 일이 이제와 새삼 짜증이 나는 것일까. 어쨌거나, 더욱 안 된 일이지만, 그만 가주면 안 돼냐는 남미경의 간곡한 부탁을 이번에도 들어줄 수 없었어. 나로선 아주 중요한 용건이 아직 남아 있는 때문이었어.

러브레터. 그리고 러브레터.

졸졸 쫓아오는 나를 더 이상 견디기 힘들었을까. 아니면 드디어 목적지에 다다른 것일까. 마침내 남미경이 걸음을 멈추었어. 그러고는 후우, 깊은 한숨을 뱉어냈어. 어둔 밤하늘 저편, 대기권 밖에서 들려오는 소리 같았어.

낯설었어.

여전히 예쁘지만, 여태 보아온 남미경의 얼굴이 아니었어.

41. 모르겠네 하도 오래전이라

"어서 오세요."
"인사 똑바로 안 해?"

그러자 카운터 너머, 초록색 편의점 마크가 달린 조끼를 입은 곱슬머리 점원이 흠칫 놀란 표정을 짓다가 이내 미간을 찌푸렸습니다.

"오랜만이다."
"잘 사냐."
"그냥 그렇지 뭐."
"장사 잘 돼?"
"내 알바비 겨우 챙기는 중이다."
"가게를 두 개나 갖고 있는 놈이 엄살은."

손현욱. 역삼초 5, 6학년 때 같은 반 친구였습니다. 태어나서

초중고 졸업할 때까지, 성인이 되어 결혼하고 지금까지, 빵집을 열었다가 접고 분식점을 차렸다가 접고 할인마트를 크게 했다가 접고, 역삼동 근처에서 단 한 번도 벗어난 적이 없는 친구였습니다.

"나가자. 담배나 피우자."
"아 잠깐만."

매장 구석의 음료수 냉장고로 다가가 캔 하나를 꺼낸 내가 그것을 흔들어 보였습니다.

"잘 마실게."

곱슬머리 점원이 다시 미간을 찌푸렸습니다.

"너 내가 만만하지."
"응."

편의점 입구가 보이는 화단 구석 벤치에 앉아, 현욱은 전자담배를 피우고 나는 차가운 음료를 홀짝홀짝 들이켰습니다. 손바닥만 한 가을볕이 말라가는 하늘가. 바람이 불었고 노란 낙엽들이 '샤샤샤' 쏟아져 내렸습니다. 지난번에 여기 들렀을 때는 한여름이었습니다. 한낮의 땡볕으로부터 고마운 그늘을 만들어주던 그즈음 나뭇잎들이 아스팔트 위에 사부작사부작 내려앉는 중이었습니다.

　"웬일이냐. 부모님 댁에?"
　"응, 간만에 들렀다가."

　현욱의 편의점이 입주한 상가 건물에서 길을 하나 건너면 부모님이 계시는 아파트 단지가 있었습니다. 지난여름 이곳을 찾았을 때는, 간만에 집에 들러서 이런저런 밑반찬을 얻어 돌아갔습니다. 오늘은 지난주에 담근 김치를 조금 싸주겠다고 하시는 것을 겨우겨우 말렸습니다. 하지만 이번에 집에서 챙겨온 물건은 밑반찬도 김치도 아니었습니다.

　"건강하시냐. 두 분 다."
　"응. 다행히."
　"건강해야지. 우리도 이제 건강 챙겨야 해. 내일모레 40 아니냐."
　"아는 인간이 손에 든 건 뭔데."
　"이거? 이건 건강에 나쁘지 않아. 니코틴 조절도 가능하고."
　"웃기고 있네⋯⋯. 애들은 잘 크냐."
　"잘 크지. 징그럽게 쑥쑥."
　"성준이 6학년 됐겠네."
　"승준이."
　"아, 승준이. 우리 후배."
　"그렇지. 새카만 후배."

스물네 살에 결혼한 현욱은 애가 셋이었습니다. 큰아들 승준이 역삼초등학교 6학년이었습니다. 스물네 살에 결혼해서 애가 셋인 사람으로 사는 것이 어떤 느낌일지, 서른일곱 살 먹을 때까지도 혼자인 사람으로서는 끝내 알지 못할 터였습니다. 서른일곱 살 먹을 때까지 혼자인 사람으로 살아가는 것이 어떤 느낌인지, 역시 스물네 살에 결혼해서 애가 셋인 사람으로서는 영영 알지 못할 터였습니다.

"현욱아."
"응."
"너, 혹시 걔 생각 나냐."
"누구."
"어어, 남미경, 이라고."
"누구?"
"……."
"역삼초등학교?"
"응."
"당연히 알지."

이어지는 현욱의 평가가 대단히 낯선 것이었습니다.

"완전 공주병 아냐. 혼자 예쁜 척 다 하던."
"……남미경이?"

"예쁘기야 뭐 좀 예뻤지. 내숭을 있는 대로 떨어서 문제였지만."

"참나."

"중학교 땐가, 선배 두 명 사이에서 양다리 걸치다가 들켜서 개망신 당했다고 했지 아마. 그런데 걔는 갑자기 왜?"

"잠깐. 잠깐만."

새삼 현욱의 얼굴을 들여다보았습니다. 농담을 하는 것 같 지는 않았습니다.

"너, 다른 애랑 착각하는 거 아니냐?"

"착각? 내가?"

"남미경 말이야. 전설의 삼남. 얌전하던 애였어. 날라리 아니 라."

"그런가. 모르겠네 하도 오래전이라. 어, 잠깐."

벌떡 일어선 현욱이 폐부의 담배연기를 용가리처럼 뿜어냈 습니다. 그러고는 남색 교복을 입은 학생 두 명이 막 들어선 편 의점을 향해 빠르게 걸음을 옮기기 시작했습니다.

그 뒷모습에 대고, 내가 들리지 않게 외쳤습니다.

우리 역삼초등학교 동창모임 한 번 할까? 내가 애들 모을게.

42. 난 누군가 또 여긴 어딘가

"뭔데. 할 말이 뭔데."

손톱을 세운 찬바람이 밤거리를 할퀴고 지나가더군.

솜먼지 같은 눈송이가 시들시들 허공에 흩날리더군.

"그런데…… 너, 혹시 화났어?"

"……."

"말해줘. 내가, 뭐 잘못한 게 있다면."

다시 후우, 멀고 먼 한숨.

"화 안 났어."

그러고 보니 화가 난 얼굴은 아닌 것 같았어.

"약속시간도 늦었고, 그냥 나 혼자 걷고 싶었어. 생각할 것도
있고. 그뿐이야."

하지만 화가 나지 않은 얼굴 또한 아닌 것 같았어.

"그러니 어서 말해. 나한테 할 말 있다며. 뭔데."

"다른 게 아니라."

거 참 애석하군. 이런 분위기에서 꺼낼 말이 아닌데.

"〈러브레터〉. 요새 하는 그거, 좋다고 해서."

"……영화?"

"맞아. 같이 보러 가자고, 그 말 하려던 거였어."

남미경이 눈을 감았어. 살포시 감는 게 아니라 찡그리듯 질
끈 감았어. 진통제 CF 속 편두통을 연기하는 모델처럼 아랫입
술을 꼭 깨물었어.

"그 영화를, 꼭 나랑 봐야 해?"

꿈에도 예상 못 한 대답이었어. 맙소사 놀래라.

난 누군가 또 여긴 어딘가

저 멀리서 누가 날 부르고 있어

난 누군가 또 여긴 어딘가

우린 앞을 향해서만 나가겠어……

밤 깊은 거리. 호프집에서 틀어놓은 듀스의 노랫소리가 신나
게 나를 비웃는 중이었어. 난 누군가 또 여긴 어딘가. 아, 그러
고 보니 여긴 양재동 4번 출구 근처군. 맙소사 어느새 여기까
지 왔군. 저기 롯데리아가 보이는군. 남미경과 함께 죽어도 잊
지 못할 불고기버거 세트를 먹었던, 바로 그곳이군.

"난, 나는."

머리가 어질어질 아팠어. 지금 이 순간 효과 빠른 진통제가
필요한 사람이 있다면 바로 나였어.

"너랑 더 오래, 더 가까운 친구 사이로 지내고 싶어. 진심이
야. 왜냐하면."

"……"

"왜냐하면 내가, 최근에 너를 만난 지는 별로 안 되지만. 그렇지만 나는."

무슨 소리를 지껄이는 건지 나조차 알 수 없었어. 토할 것 같았어.

"네가 좋아. 그냥 좋아. 아무래도 그런 것 같,"

남미경이 화난 무사처럼 날렵하게 내 말을 끊었어.

"그럼 공대현은?"

"어."

"네가 소개시켜준 애 말이야. 친구라며. 좋은 애라며. 생각 안 나?"

아기처럼 작고 예쁜 입에서 버럭 튀어나온 그 이름. 지금 이 순간 양재동 일대에서 동시다발적으로 발생하는 4만 7천 6백 47가지 크고 작은 사건들을 통틀어, 이만큼 황당하고 충격적인 찰나가 또 있을까?

"나한테 화났냐고 했지?"

내친김에 따져들더군.

"화 안 났어. 화는 안 났어. 하지만 실망했어. 너한테 엄청나게 실망했어."

"아니 왜……"

"공대현에게 무슨 일이 있었는지, 너희들이 공대현에게 무슨 짓을 했는지, 다 알아. 다 들었어."

"……"

"놀랍더라. 정말 놀랍더라. 내 기분이 어땠는지, 상상도 못할 거야."

"미, 미경아. 그건,"

"변명 같은 거 할 생각 마."

"……."

"그래. 무슨 이유가 있었겠지. 그럴 만한 사연이 있었을 테지. 듣자 하니 공대현 걔, 그렇게 좋은 애도 아닌 거 같고. 하지만 그게, 그게 인간이 인간에게 할 수 있는 일이니? 여럿이 한 사람 상대로 그런 짓을 해놓고, 철저하게 짓밟아놓고, 학교까지 그만두게 만들고. 그래서 좋았니? 속이 후련했니?"

"네가 모르는 게 있어. 너는 모르는 아주 중요한 이야기야."

"그런 식으로 말하지 마. 내가 뭘 알고 뭘 모르는지, 너 역시 모르잖아."

"그렇긴 하지만."

"내가 세상에서 제일 싫어하는 게 뭔지 알아? 상처 주는 거야. 사람이 사람에게 상처 주는 거. 씻을 수 없는 상처를 주고 정작 자기는 까맣게 잊는 거. 저희들끼리는 까맣게 잊고 잘 지내는 거. "

"……."

"그래 놓고는 뭐? 이제는 나랑 더 가까운 친구가 되고 싶다고?"

서러웠어. 서러워서 울컥 목이 메었어.

상처라니. 맙소사 상처라니.

누군가에게 상처 입고. 상처 입은 위에 또 상처 입고. 혼자 아파하고. 또 아파하고. 그건 바로 내 전문 분야란 말이야.

"미경아!"

누군가 다가왔어. 누군가 다가오며 우리에게 아니 남미경에게 환하게 외쳤어. 싸늘하던 남미경의 얼굴 또한 놀랍도록 환해졌어.

"왔어?"

남미경이 누군가에게 다가가 그의 팔에 매달리듯 했다가, 스르륵 놓았어. 공대현이었어. 약속이 있다더니 거짓말은 아니군. 공대현과의 약속이었군.

하느님 맙소사, 뒤로 벌러덩.

"동창회 잘 했니."

"응, 그럭저럭."

"저녁은 먹었고?"

"거기서 대충 먹었지. 오빠는?"

"배고파 죽겠다."

"안 먹었구나? 뭐하느라고 아직."

"너랑 같이 먹고 싶어서."

"바보. 늦는다고 했잖아."

"나 바보거든, 몰랐냐."

"히히."

"가자. 어, 추워."

"그래 그래."

제법 닭껍질스러운 대사를 주고받던 두 사람이 다정히 한몸 되어 내게서 등을 돌렸어.

잘 가, 앞으로 연락 안 해줬으면 좋겠어.

고맙게도 남미경은 그따위 통속적인 당부는 생략해주었어. 뭉툭하게 모난 시간 알갱이가 덜컥덜컥 굴러가는 중이었어. 그런데 세 걸음쯤 걷던 공대현이, 무슨 생각이 들었던지, 문득 걸음을 멈추었어. 그리고 다시 몸을 돌렸어. 나를 향해 성큼성큼 두 발짝 다가왔어.

"…… 오랜만이다?"

"어, 에."

공대현이 커보였어. 원래 그렇기도 했지만, 예전보다 세 배는 커보였어.

"아이, 그냥 가자. 응?"

남미경이 가만가만 공대현을 잡아끌었어.

"잠깐만. 한마디만 하고."

"제발."

"염려 마, 별일 없을 거야."

공대현이 그렇게 남미경을 안심시켰어. 그러고는 나를 돌아보았어.

"잘 지냈냐."

"……."

내가 침묵. 공대현 역시 잠시 침묵. 할 말이 많은가. 생각을 정리하는 중인가. 추웠어. 12월이었고 올해 들어 가장 추운 날이었어. 주말 내내 계속 추울 거라고 했어. 잘하면 이 한파가 20세기 내내 이어질지도 모르는 일이었어.

"나중에 남진철 만나면, 내 말 꼭 전해라."

"……."

"상춘만 따까리 짓 같은 거, 절대 한 적 없다고. 다른 건 다 몰라도, 공대현이 그런 놈은 아니라고."

"······."

"알았냐?"

내가 얼간이처럼 고개를 끄덕였어. '알았냐?'가 정확히 어떤 의미인지, 자기 말을 믿느냐는 건지 그 말을 꼭 전하라는 강조의 의미인지 확실치 않은 채로.

"예."

43. 눈사람

밤이 깊어지고 바람이 잦아들고 대신 눈발이 굵어졌어. 하늘이 펑펑 우는 것 같았어. 올해는 화이트 크리스마스가 될 거라더니 과연 조짐이 좋구나. 아니다 예감이 좋지 않구나. 하지만 뭐 어때. 빌어먹을 화이트 크리스마스가 지나고 며칠 뒤면 빌어먹을 12월이 달력 뒤로 홀랑 넘어갈 텐데. 빌어먹을 1999년이 훌훌 떠나가면서. 빌어먹을 20세기마저 덩달아 기억 저편으로 멀어질 텐데.

다가올 21세기가 어떻게 생겼을지 조금도 궁금하지 않았어.

빌어먹을 21세기에는 어떤 빌어먹을 일들이 나를 기다리고 있을지 조금도 기대되지 않았어.

열일곱 살.

빌어먹을 세상은 알아듣지도 못하는 내 귓가에 수없이 많은 이야기들을 들려주는 중이었어. 성실하며 진지하고 공의로운 음성으로 세기말 견고하고 무궁한 비의에 대해 넘치도록 소곤거리는 중이었어. 하지만 그건 아무 의미도 없는 일이었어. 왜

냐하면 말했듯이 그건 내가 알아들을 수 없는 소리들이었으니까. 대강은 이해할 것 같다고 착각조차 하기 힘든 수수께끼일 뿐이었으니까.

비의라니.

밤길을 나란히 걷던 사람이 누구인지조차 전혀 알지 못하는 주제에. 누군가의 가슴속 3.5센티미터 깊이에 담긴 마음조차 까맣게 이해 못하는 주제에.

1999년 12월 16일.

시리도록 추운 밤 시간. 양재사거리.

사람들 떠나간 자리에서 오래도록 혼자 남아 있었어.

도통 알 수 없는 시공간 속에서 조금씩 눈사람이 되어가는 중이었어.

作가의 말

　12번째 장편소설이다. 더불어 16번째 작가의 말이다. 2018년
에는 '어쩌다 한 차례' 출간을 쉬고 말았다. 한 해를 건너뛴 셈
이지만 아주 오랜만에, 요컨대 한 10년 만에 다시 인사드리는
기분이다. 그만큼 반갑다는 뜻이라고 해두자.

　대충 잘 살고 있다. 아직까지는 별 탈 없이, 벅스³와 빨쏘⁴를
친구 삼아서 순조롭게 나이 먹어가는 중이다. 뛰지 말고 되도
록 천천히 걸으며 주변을 보고 듣고 냄새 맡고 느끼며 살아가
겠다는 희망은 여전히 희망사항으로만 남겨놓고 있다. 그래도
얼마 전부터는 새로운 취미가 생겼다. 토요일과 일요일, 집사람

3　책상에 붙어 앉아 있다 보면 좋든 싫든 온종일 음악을 들을 수밖에 없는 체질인데, 참
고로 2018년 1월부터 11월까지 벅스뮤직에서 내가 들은 음악은 총 12,757곡이었고 이는
벅스 전체 청취자 가운데 상위 6%에 해당하는 기록이었다. 그만큼 무던한 책상물림이 되
어 꾸준히도 책상 앞에 붙어 앉아 있었다는 의미로 받아들이려 한다.

4　대한민국의 '참이슬'을 파는 각종 요식업소 가운데, 유독 빨쏘만을 취급하지 않는 식
당들은 반성을 많이 해야 한다.

과 함께 집 앞 성북천을 걷고 내쳐 풀과 물과 흙을 지나 청계
천을 걷고 광화문쯤에 이르러서는 가볍게 맥주 한두 잔 마시
고 버스로 귀가하는 일상 한 조각. 대략 세 시간 대략 1만 5천
보를 걸으며 주말을 완성하는 작업으로부터 뜻밖의 작은 위
안을 선물 받곤 한다. 성북천과 청계천에서만큼은 '되도록 천
천히 걸으려 주변을 보고 듣고 냄새 맡고……'의 희망사항을
위해 더욱 노력하는 편인데, 같이 걷는 사람과 보조를 맞추고
자 더 자주 신경 쓰는 편인데, 성미 탓인지 그게 여전히 쉽지
않다. 아. 되도록 빨리 걷는 게 심장 건강에 더 좋다는 소리는
어디선가 들은 적 있다.

2018년의 지독하게 뜨겁던 여름부터 가을 지나 겨울까지,
많은 사람을 만나고 많은 글을 쓰는 일로 인해 지나치게 바빴
다. 나름 의미가 분명한 작업이었지만 소설 쓰기가 아니었다
는 점에서 늘 마음 한쪽이 걸렸다. 와중에 그렇게나 좋아하는
10월과 11월의 우울조차 까맣게 잊고 지내야 했다. 바쁘다는
것은 결국 좋은 일이다. 하지만 앞으로, 그렇게 바쁜 일은 없었
으면 하는 마음이다.

2018년 5월에 초고를 완성한 소설이다. 예의 바쁜 일이 시작
되며 통 손을 못 대고 있다가, 다행히도 지난 늦가을부터 다시
글을 들여다볼 짬을 낼 수 있었다. 출판사의 격려 한마디를 시
작으로, 덕분에 이렇게 16번째 인사를 올릴 수 있게 되었다. 옆
에서 바라보면 사연 아닌 것이 없고 뒤에서 돌아보면 인연 아

닌 것이 없다.

소설을 아직은 잘 모르겠다. 이런저런 잡생각들은 여전하다. 질문들은 갈수록 고약해지고 있다. 대답의 행방은 아직 묘연하다. 애초에 존재치 않는 것을 찾느라 이 고생인지도 모르겠다, 라고 쓰고 싶지만 참는다. 그런 고생을 해본 적이 실은 별로 없는 것 같아서다.

소설을 위해 고민하고 몰두하고 궁리하고 애먹는 등등의 이 세상 희한한 과업이, 어쨌거나 늘 새롭고 생경할 수밖에 없다는 점은 무엇보다 내게 여간 다행스럽지 않은 현상이다. 이상의 문장에 대해, '소설' 대신의 그 어떤 글자를 넣어도 그런대로 괜찮을 것 같다는 생각이다. '산책'이라든지 '빨쏘'라든지 'K리그 직관'이라든지. 그로써 이어지는 문장들 역시 같은 맥락으로 이해되어도 무방할 것이다.

『제1회 서울 역삼초등학교 18기 동창모임 준비위원회』 출간 즈음, 지난해부터 그렇게도 바쁘게 몰아치던 일이 얼추 정리되었다. 하여 이제는 다시 봄, 다시 소설의 시간이다. 다시 새로운 소설의 시간이다.

사족 하나.
작품 속 역삼초등학교와 상준고등학교(사실은 상문고등학교)는 내가 다녔던 모교가 분명히 맞다. 한편 등장인물과 사건들에 대해서라면, 몇 해 전 어느 장편소설 속 작가의 말을 빌려 비슷한 단서를 단 것처럼 '순도 100%의 자전소설이며 현실과 100% 무관한 픽션이다.'

사족 둘.

지금 짐작하고 계시는 것과 달리 장편소설 『제1회 서울 역삼 초등학교 18기 동창모임 준비위원회』는 아직 끝나지 않았다. 마지막 한 장이 아직 남아 있다. 작가의 말이 끝나는 대로 짧은 이야기 한 토막이 더 이어질 것이다. 영화 끝나고 엔딩크레딧 중간에 나오는 쿠키영상처럼, 언제고 꼭 한 번 이런 짓을 해보고 싶었단 말이다.

고백하자면 지금까지 당신이 이 소설을 어떻게 읽었을지, 무척 궁금하다. 걱정스럽고 또한 설렌다.

어쨌거나 처음부터 끝까지 함께 해주셔서 늘 감사.

2019년 4월 정릉에서
한차현

43. 이 소설의 끝을 다시 써보려 해

광화문 엔제리너스로부터 만 이틀이 지났습니다.

눈 내리던 세기말 양재동으로부터 만 20년이 흘렀습니다.

고백컨대 지난 며칠 가운데 적지 않은 일상을, 나부터 이해 못할 노릇이지만, 혼자이면서 동시에 다른 누군가들과 함께 지내는 듯 가벼운 착란에 빠져 지냈습니다. 하루에도 여러 차례, 지금 이곳에 존재하는 동시에 그때 그곳이라고 특정할 어느 시공간을 수시로 들락거리는 미망에 빠져 지냈습니다. 나도 모르는 와중에, 1999년 어느 구체적인 장면 속을 바삐 헤매고 다니는 나 자신을 문득 발견했습니다.

지난 며칠의 이유와 변명을 이제 한 번은 들을 차례가 되었습니다. 나부터 이해 못할 의식의 일탈을 분명히 정체 밝혀야 할 순서가 된 것 같습니다.

어째서 그러하냐 하면, 하고 나 자신을 설득해봅니다, 그러지 않을 이유가 없으니까.

전화하자.

남미경에게 전화를 하자.

남은 고민은 두 가지, 언제와 어떻게.

하루 중 어느 시간대라면 예기치 않는 전화를 받게 된 이의 혹시 모를 의아함을 최대한 줄일 수 있을까. 어떤 음성과 어떤 인사말이라면 예기치 못한 전화를 받아야 하는 이의 피치 못할 불편을 최대한 줄일 수 있을까. 하루에 단행본 반 권 분량에 달하는 사람의 언어를 매만지는 일로 10년 넘게 밥을 먹고 살아가지만, 세상 어느 종류의 책을 살핀다 한들 찾아낼 수 없을 것 같은 질문들.

11월 28일. 수요일 3시 21분.

마침내 마루로 나와 창가에 섰습니다.

리모컨을 들어 아까부터 혼자 떠드는 TV를 잠재웠습니다. 7층 아래로 느리게 굽이치는 늦가을 풍경을 잠시 바라보았습니다. 남겨진 햇살이 희푸르게 식어가는 오후 시간. 바람 불고, 늙은 손가락 같은 낙엽을 죄다 떠나보낸 거리의 나뭇가지들이 보이지 않게 마른 몸을 뒤트는 시간. 그날 들어 세 번째로, 누군가의 명함 한 장을 들고 거기 적힌 글자들을 살폈습니다.

NB STUDIO. 대표 남미경

이 한 통의 전화가 장차 어떤 미래로 내 세계를 이끌고 갈지

예측 못할 노릇이었습니다. 지난 며칠의 많은 시간을 함께 보낸 (것 같은) 그녀를 적어도 한 번은 더 만날 수 있을지. 그녀에 관해 소복소복 쌓인 궁금증들을 어느 정도 해소할 수 있을지. 그 이상의 놀라운 사건들이 빠르게 이어질지. 또는 아무런 일도 일어나지 않을지.

핸드폰을 집어 들었습니다. 불쾌하게 생각하지는 않겠지. 혹시라도 이상한 오해를 하는 건 아니겠지. 명함을 건넨 쪽도 '전화해, 한 번 보자.' 형식적인 당부를 한 쪽도 내가 아님을 설마 잊지는 않았겠지.

명함 속 11자리 번호를 신중히 눌렀습니다. 그때 문득 떠오르는 것이 있었으니 옛날 남미경의 루비색 화사한 PCS 폴더폰이었습니다. 018로 시작되는 그때 그 번호가, 아, 갑자기 또렷하게 기억나는 것만 같았습니다.

시계가 반대로 돌아가고 있어
TV속 영화가 되감아지고 있어

통화 대기음 대신 귀에 익은 가요 한 소절이 시작되었습니다. 컬러링이었습니다. 이거 아는 노래인데. 뭐라더라, 이 소설의 끝을 다시 써보겠다던?

내렸던 빗물이 올라가고 있어
잊었던 기억이 돌아오고 있어
도로 위에 차들이 반대로……

-여보세요.

　남미경이었습니다. 남미경의 목소리였습니다. 책상에 앉아 업무서류를 뒤적이다가 전화기를 받은 듯 차분한 목소리였습니다. 주방에서 서너 가지 일을 동시에 보다가 막 거실로 달려와 소파 위에 놓인 전화를 집어 든 듯 환한 목소리였습니다. 잘은 모르겠지만, 어쨌거나 남미경의 목소리임은 분명했습니다.

　-여보세요?

　다시 한 번, 전화 건 이를 부르는 그녀의 목소리가 조금 높아졌습니다.
　더 늦기 전에 내가 응답할 차례였습니다.

　"어, 남미경? 맞지?"
　-그런데……요.
　"저기, 나 한차연인데, 며칠 전에."
　-아.
　"안녕. 잘 지냈어?"

제1회 서울 역삼초등학교 18기 동창모임 준비위원회

1판 1쇄   2019년 5월 25일
지 은 이   한차현
펴 낸 이   손정욱
펴 낸 곳   도서출판 답
출판등록   2015년 2월 25일 제 312-2015-000063호
주   소   서울시 용산구 효창원로 93길 14 8층
전   화   02-324-8220
팩   스   02-6944-9077

이 도서의 국립중앙도서관 출판예정도서목록(CIP)은 서지정보유통지원시스템
홈페이지(http://seoji.nl.go.kr)와 국가자료종합목록시스템(http://www.nl.go.kr/
kolisnet)에서 이용하실 수 있습니다.

ISBN 979-11-87229-24-7   03810

*책값은 뒤표지에 있습니다.